Alex Lépic

Lacroix und das Sommerhaus in Giverny

Sein vierter Fall

Roman

DROEMER

Besuchen Sie uns im Internet:
www.droemer.de

Aus Verantwortung für die Umwelt hat sich die Verlagsgruppe Droemer Knaur zu einer nachhaltigen Buchproduktion verpflichtet. Der bewusste Umgang mit unseren Ressourcen, der Schutz unseres Klimas und der Natur gehören zu unseren obersten Unternehmenszielen. Gemeinsam mit unseren Partnern und Lieferanten setzen wir uns für eine klimaneutrale Buchproduktion ein, die den Erwerb von Klimazertifikaten zur Kompensation des CO_2-Ausstoßes einschließt. Weitere Informationen finden Sie unter: www.klimaneutralerverlag.de

FSC www.fsc.org MIX Papier aus verantwortungsvollen Quellen FSC® C014496

Fremdlizenz Juni 2022
Droemer Taschenbuch
Ein Imprint der Verlagsgruppe
Droemer Knaur GmbH & Co. KG, München

Covergestaltung: Sabine Kwauka
Coverabbildung: Pont Alexandre, Paris © Zielske, H. & D. / lookphotos
Himmel: © ESOlex. / shutterstock
Satz: Tristan Walkhoefer, Leipzig
Druck und Bindung: GGP Media GmbH, Pößneck
ISBN 978-3-426-30791-5

2 4 5 3 1

Eine Einladung wider Willen

I

Lacroix' Blick war entrückt. Wie stets, wenn er hier stand, konnte er seine Gefühle nicht im Zaum halten. Sein Staunen. Dominique, die neben ihm auf der niedrigen Bank saß, ging es genauso. Er spürte es. Wie sie schwieg und doch bebte, im selben Augenblick.

Der weiß gestrichene Raum. Die Rundung der Wand. Der goldene Rahmen. Und dann das Zentrum, um welches sich alles gruppierte, auf das jeder hier schaute:

Gebogen hing das riesige Tableau an der Wand, gebogen, weil so überhaupt erst die Dimensionen klar wurden – Monets *Seerosenteich* auf einer Länge von siebzehn Metern.

Es war epochal, er wusste es, ein Meisterwerk. Aber da war noch etwas anderes, ganz Persönliches. Etwas, was nur wenige Kunstwerke vermochten: Monets Werk erschlug Lacroix nicht mit Opulenz oder Klugheit, sondern es erfreute ihn, mehr noch, seine Bilder machten ihn regelrecht glücklich. Sie waren Schönheit pur – auf die Leinwand gebannt.

Lacroix nutzte immer beide Möglichkeiten. Er ging zuerst ganz nah an das Bild heran. Betrachtete die feinen Pinselstriche, die roten Blüten der *nymphéas,* genau wie die hellgrünen Blätter, die dunkelgrünen Schlingpflanzen am Ufer und die Lichtstimmung des Wassers, changierend zwischen blau und violett, immer wieder kleine Tupfer von Farbe, wenn der Künstler die Spiegelung der Sonne im Teich einfing.

Und dann, nach einem ausgiebigen Gang an dem raumlangen Gemälde entlang, setzte sich der Commissaire neben seine Frau auf die gepolsterte Bank, nun in ausreichender Entfernung, um das ganze Gemälde in den Blick zu nehmen: Die Vollkommenheit des Teiches, den Lacroix so gut kannte, dass er meinte, in seiner Wohnung umherzugehen, und an dem er doch jedes Mal etwas Neues entdeckte, wenn er mit Dominique hierherkam, in das wunderbare Musée de l'Orangerie.

Vorher hatten sie in einem der Cafés in den Tuilerien gesessen, sich das *Journal du Dimanche* geteilt und den Möwen im Tiefflug zugeschaut. Der Park war voller Menschen gewesen, an ihrer Kleidung und den neugierigen Blicken erkannten die Lacroix, dass es in der Mehrzahl Touristen waren. Die Pariser hatten fast vollständig die Stadt verlassen.

Dann waren sie ans Ende des Parks spaziert, wo der Verkehr von Concorde herüberdrang, und Lacroix hatte gemächlich eine Pfeife geraucht. Dank ihrer Dauerkarten hatten sie sich schließlich an der endlos scheinenden Schlange vorbeigeschmuggelt.

»Ich habe plötzlich so Lust auf Giverny«, hatte Lacroix gesagt.

»Wie jedes Mal, wenn wir hier sind«, sagte Dominique und ergriff seine Hand.

Sie beobachteten zwei japanische Mädchen, die vor dem gebogenen Bild Aufstellung für ein Selfie bezogen hatten. Dominique schien die Teenager mit aufrichtigem Interesse zu beobachten. Doch auf einmal wandte sie ihren Blick und sah ihn an.

»Du, ich habe das völlig vergessen, mein Lieber«, sagte sie, und ihre Stimme schien von weit her zu kommen, »aber jetzt fällt es mir wieder ein. Mich hat Madame de Touquet besucht, in der *mairie*. Sie kam ganz plötzlich, du kennst sie ja, sie ist einfach an meiner Vorzimmerdame vorbeigelaufen. Dabei dachte ich immer, es sei ein Ding der Unmöglichkeit, an Veronique vorbeizukommen. Aber nicht für sie, nicht für Madame de Touquet.«

»Was wollte sie?«, grummelte Lacroix. Mit dem Namen war die Wirklichkeit in sein gedankliches Idyll eingebrochen. Giverny – das war das Paradies, aber es war auch die Welt von Madame de Touquet.

»Sie hat uns eingeladen, für einen der nächsten Tage. Zum *dîner* in ihrer Wohnung am Pont d'Alma.«

»Wieso das denn?« Aus dem Grummeln war eine deutlich zunehmende Unruhe geworden.

»Sie kam nicht, um mich zu sehen, *mon cher*. Sie kam, weil sie mit dir reden wollte.«

»Wieso ist sie denn nicht in Giverny, zu dieser Jahreszeit?«

Lacroix verzog das Gesicht.

»Ich denke, sie hat es sehr eilig, mit dir zu sprechen. So schien es mir jedenfalls.«

»Und warum kommt sie dann zu dir und nicht ...« Lacroix ließ die Frage in der Luft hängen, und Dominique lächelte ihn an.

»Du weißt so gut wie ich, dass sie keinen Fuß in ein Kommissariat setzt. Sie denkt, dort wäre alles voller

Verbrecher. Nein, das Rathaus ist mehr ihr Fall. Ich habe es noch im Ohr, wie sie sagte: Ich muss Ihren Mann sprechen, Madame la Maire. Sie werden zu mir zum Essen kommen, wie ist es am Montag?«

Er sah sie verdutzt an.

»Du hast schon zugesagt? Und einen Termin ausgemacht?«

Dominique sah ihn verschmitzt an, ihr bereitete die Idee offensichtlich eine diebische Freude.

»Es hat mich neugierig gemacht, dass sie den Montag wählte«, erwiderte Lacroix' Gattin, und er wusste genau, was sie meinte. Der Montag war ein Tag, an dem man in Paris keine privaten Besucher empfing, keine Familie. Es war ein Tag, der für geschäftliche Termine reserviert war.

»Meinst du, sie will mich fragen, ob ich als neuer Butler für sie arbeite?«

»Na, bei dem, was man so hört, hat sie einen ordentlichen Verschleiß an Dienstboten«, entgegnete Dominique lachend. »Aber keine Angst: Ich lass dich nicht gehen.«

»Psst, psst«, zischte die Museumsaufseherin von ihrem Stuhl in der Ecke aus.

Lacroix warf ihr einen entschuldigenden Blick zu.

»Na, dann gehen wir wohl morgen Abend in die Höhle des Löwen«, flüsterte er.

»Der Löwin, *chéri,* der Löwin. Sie bietet uns sicher ein ordentliches *dîner.*«

Der Commissaire betrachtete die wunderschönen Seerosen, die sich vor ihm auf dem Gemälde ergossen, ein so friedvolles Bild, dass er spürte, wie er langsam wieder ruhiger wurde. Noch einmal seufzte er.

»Rohes Fleisch oder Schnecken, beides würde gut zu ihr passen.«

2

Im Büro schrumpften die Aktenberge, denn die zweite Augusthälfte bot sich dafür an, Berichte zu schreiben. Paganelli tat diese Arbeit gegen seine Natur auf geradezu vorbildliche Weise, denn er langweilte sich.

In den zwei Wochen vor der *rentrée* war die Stadt wie ausgestorben. Die Pariser aalten sich an den Stränden, und sogar die Verbrecher machten Urlaub. Ein paar Taschendiebe, die es auf die vollen Geldbörsen der Amerikaner abgesehen hatten – das war alles. Die Habgierigen und Eifersüchtigen warteten, bis die Geschäfte wieder geöffnet und die untreuen Ehegatten nach Paris zurückgekehrt waren.

Capitaine Rio war mit den Zwillingen auf ihre Heimatinsel nach Mayotte geflogen – mit Camille, ihrer Frau. Die Krise zwischen ihnen war noch nicht gänzlich überstanden, aber es war ein zarter Versuch der Annäherung. Lacroix hatte Rios Urlaubsantrag mit einem Lächeln unterschrieben.

Paganelli war hiergeblieben. Direkt nach der *rentrée* machte er sich auf nach Korsika, in die alte Heimat. Die Strände in Ajaccio waren dann »pariserfrei«, wie er stets betonte, nicht ohne laut zu lachen.

Lacroix trat aus seinem kleinen Büro in den großen Raum, in dem Paganelli saß, gegenüber stand der verlassene Schreibtisch seiner Kollegin. Der Korse las in einer Akte und hob immer wieder den Blick, um auf den Bildschirm seines Computers zu sehen.

»Ich gehe schon hinaus«, sagte Lacroix, »Sie erreichen mich noch für eine Stunde im Chai, danach habe ich ein *dîner*. Sie können mir aber daheim auf den Anrufbeantworter sprechen, wenn es etwas Dringendes geben sollte, *d'accord?*«

»Keine Sorge, Chef«, sagte Paganelli gedankenverloren. »Wenn es so weitergeht, habe ich meine Jahresberichte fertig, bevor Rio zurückkommt. Was soll ich dann machen? Inventur in der Waffenkammer?« Er grinste.

»Nun, allzu oft fühlt sich die Ruhe vor dem Sturm so an«, gab Lacroix zurück.

Der Korse blickte auf und sah ihn prüfend an, dann lächelte er unter seinen dunklen Brauen. Seine Mitarbeiter fürchteten Lacroix' Intuition.

»Nun gehen Sie schon, Maigret«, sagte Paganelli, »ich melde mich, wenn etwas passiert.«

Lacroix nickte brummend. Der Korse liebte es, den Commissaire mit seinem Spitznamen zu necken, den er zudem selbst in die Welt gesetzt hatte, weil Lacroix wie der berühmte Maigret meist einen Hut trug und gerne Pfeife rauchte. Lacroix mochte Paganelli trotz seiner kleinen Provokationen, deshalb verzieh er ihm, doch dass es der Spitzname sogar in die Presse geschafft hatte, ärgerte ihn sehr.

Der Commissaire ging wieder in sein Büro, griff nach dem leichten braunen Sommermantel und dem Hut und stieg dann im Flur die drei Treppen hinab, vorbei am kleinen Museum der Pariser Polizeigeschichte, das im zweiten Stock eingerichtet war. Es war eine kostenlose Ausstellung in den verstaubten Räumen des Kommissariats. Paris war schon vor zweihundert Jahren eine Weltmetropole gewesen und damit natürlich auch eine Stadt des Verbrechens, und so ließen sich Exponate von damals finden, Waffen, Uniformen, gruselige Mordbeschreibungen. Die meisten Besucher waren Schulklassen und Polizisten aus dem ganzen Land, die einmal sehen wollten, wie die erfahrenen Kollegen der Hauptstadtpolizei heute und damals ihre Arbeit machten.

Lacroix nickte im Vorbeigehen den Beamten zu, die den Eingang bewachten, dann trat er hinaus in den spätsommerlichen Tag.

Der Feierabendverkehr auf dem Boulevard Saint-Germain hatte schon eingesetzt, die Wagen fuhren gemächlich in Richtung Pont de Sully. In anderen Monaten war hier Dauerstau, nicht nur zu Hauptverkehrszeiten. Auf der Busspur jagten die Taxis vorbei, und die grün-weißen Busse klingelten, wenn sie die Spur wechselten.

Lacroix überquerte die Straße und genoss den kurzen Bummel über das breite Trottoir, bestaunte die herrlich gestalteten Schaufenster der Einrichtungsboutiquen und Haute-Couture-Läden. Dann bog er rechts in die Rue de Seine ein und betrat nur zwei Minuten später sein Stammlokal mit der roten Markise. Glücklicherweise hielt Yvonne Abeille nichts von Sommerurlaub, und so war hier fast jeden Tag im Jahr geöffnet –

bis auf den ersten Weihnachtstag, den Abend vorm neuen Jahr und den 28. Januar. An dem Tag hatten Yvonne und ihr Mann Geburtstag – gemeinsam, was für ein Zufall. Diese drei Tage waren ihr heilig.

Am alten Zinktresen des Bistros Chai de l'Abbaye war keine Spur von den üblichen Verdächtigen. Lacroix sah auf die Uhr und nickte. Alain hatte in seinem Obstladen gegenüber noch zu tun, jetzt, da die Leute aus den Büros strömten. Lacroix' Bruder Pierre-Richard hingegen musste noch die Achtzehn-Uhr-Messe halten, in der Basilique Sainte-Clotilde, weiter unten im siebten Arrondissement.

Doch da trat schon Yvonne, die Wirtin, aus der Küche, deren Blick sogleich zur Uhr wanderte.

»Ah, du bist aber früh dran, *mon cher*.«

»Dominique und ich haben eine Einladung zum *dîner*, da wollte ich vorher noch einen Moment durchatmen.«

»Und passt zum Durchatmen besser ein Wein oder ein Bier?«

Lacroix lächelte und nickte ihr dankbar zu. Sie griff zu einem der kleinen Gläser, ging zum Zapfhahn mit der Aufschrift *Meteor* und ließ das kalte goldgelbe Bier in das Glas laufen.

Kleine Gläser. Immer kleine Gläser. Niemals trank Lacroix aus großen Gläsern. Das Bier wurde zu schnell schal und verlor seinen Esprit, und das hatte diese wunderbare Marke aus dem Elsass nun wirklich nicht verdient.

Sie stellte es vor ihm ab, und er trank in großen Schlucken, der Tag hatte ihn durstig gemacht.

»Was ist die *plat du jour?*«, fragte er Yvonne.

»Eine getoastete *tartine* mit Schinken aus Bayonne und altem *fromage de chèvre*.«

»Die hätte ich sehr gerne«, sagte er.

»Sagtest du nicht, du wolltest zu einem *dîner?*«, fragte Yvonne.

»Ich glaube, das wird nicht sehr üppig. In diesen Kreisen …«, Lacroix senkte die Stimme, »ist es nie sehr üppig.«

»Hm«, murmelte Yvonne und zapfte ein zweites Bier, »aber das ist nicht alles, oder?«

Lacroix sah auf und blickte sie ruhig an. Er wusste, dass sie alle seine Regungen und Stimmungen kannte. Wahrscheinlich verbrachte er an Werktagen mehr wache Stunden im Chai als in seiner Wohnung in der Rue Cler.

»Du hast recht. Ich glaube, der Abend könnte höchst unerfreulich werden.«

»Erzähl …«

»Lieber nicht«, sagte Lacroix. »Ich brauche wirklich diesen Moment.«

»Na dann«, sagte Yvonne und änderte sogleich ihre Miene, sie wusste, wann sie den Commissaire besser in Ruhe ließ. Also rief sie, freilich viel lauter, in Richtung Küche: »Eine *tartine* für Monsieur Lacroix!«

Dann eilte sie in den Saal des Bistros, um an einem Tisch ein altes Paar zu bedienen, das eben Platz genommen hatte.

Das kalte Bier erfrischte ihn, belebte seine Gedanken, der herbe Geschmack kitzelte auf seiner Zunge.

»Madame de Touquet«, murmelte er, das Bild der alten Dame klar vor Augen. Ihr Haus und ihr Stammbaum waren gleichermaßen Institutionen in Giverny, diesem normannischen Dorf, zwei Stunden von Paris entfernt. Und doch redete man mehr *über* Madame de Touquet als *mit* ihr, denn sie verbarg sich gerne hinter den hohen Mauern des Anwesens. Er versuchte, sich an ihre Stimme zu erinnern. Es wollte ihm nicht recht gelingen. So merkwürdig es auch war: Er hatte mit der Dame in all den Jahren nur Small Talk gehalten. Eigentlich mochte er diesen neumodischen Anglizismus nicht. *»Small Talk«* – was sollte das sein? Andererseits beschrieb es ihre Unterhaltungen ganz gut, wenn sie sich zufällig im Dorf begegnet waren oder vor der kleinen *mairie,* einmal auch bei einem Fest in Monets Garten. Mehr nicht. Er kannte sie nicht gut, und doch wollte sie mit ihm reden. Merkwürdig war das. Lacroix verspürte die innere Unruhe, die er so gut kannte und die ihn gleichermaßen ärgerte und doch in Aufregung versetzte. Es war wie eine Vorahnung düsterer Ereignisse.

Gleich darauf verspürte er einen Windhauch, so schnell kam Yvonne zurück, blieb neben ihm stehen und schlug sich gegen die Stirn.

»Herrje, *mon cher,* das habe ich ganz vergessen: Vorhin, als ich drüben bei Alain Petersilie kaufen war, hat hier eine Frau angerufen. *Mon mari*«, sie wies in Richtung Küche, »hat den Anruf angenommen.«

»Ein herrisches Frauenzimmer«, rief Yvonnes Mann von nebenan, der am Herd stets jedes Wort vernahm, das am Tresen gesprochen wurde, Bestellungen natürlich ausgenommen.

Die Wirtin sah auf den Zettel. »Hier steht's: *Madame de Touquet ersucht Commissaire Lacroix, sie vor dem* dîner *zu beehren, um in Ruhe ein wichtiges Thema zu besprechen. Um 18:30 Uhr an bekannter Adresse.*«

Lacroix runzelte die Stirn. »Hat sie wirklich *beehren* gesagt?«

Wieder rief Yvonnes Mann aus der Küche: »Ich habe es wortwörtlich mitgeschrieben.«

»Vergiss die *tartine,* Yvonne«, sagte der Commissaire seufzend. »Der Adel ruft – und die letzte Revolution ist leider zu lange her, als dass man ihn warten lassen sollte.«

Mit zerknirschter Miene und hungrigem Magen verließ er den Chai – doch so langsam gewann die Neugier die Oberhand: Was in aller Welt war so wichtig, dass Madame de Touquet ihn so dringend sprechen wollte?

3

Die Fenster im 63er-Bus standen weit offen, und Lacroix schloss die Augen, um den Fahrtwind zu genießen, während sich die Fahrerin ihren Weg bahnte, vorbei am Quai d'Orsay und am Außenministerium. Die Seine lag durch die Trockenheit so tief in ihrem Flussbett, dass sie von der Straße aus nicht mehr zu sehen war.

An der Avenue Bosquet stieg der Commissaire aus und ging die letzten Meter zu Fuß.

Die Hitze lag immer noch schwer auf der Stadt und strahlte vom schwarzen Asphalt ab, doch dunkle Wolken kündigten für die Nacht ein Gewitter an.

Unter dem Pont d'Alma fuhren im Minutentakt die Ausflugsboote über den Fluss, die Oberdecks waren voller Menschen, und Lacroix lauschte einen Moment lang den Ansagen auf Chinesisch, Japanisch und Arabisch.

An der *Flamme de la Liberté,* der Freiheitsflamme, blieb er kurz stehen. Die goldene Skulptur war zum Symbol geworden für den Tod Prinzessin Dianas, die im Tunnel darunter zu Tode gekommen war. Dabei stand das Denkmal schon viel länger. Die Amerikaner hatten es den Franzosen Ende des 19. Jahrhunderts als Dank für die Restaurierung der Freiheitsstatue geschenkt. Doch nun lagen zu Füßen der Skulptur Tag für

Tag Blumen und Kerzen, die an die englische Prinzessin erinnerten.

Einen prestigeträchtigeren Ort würde man in Paris wohl nur schwer finden, dachte Lacroix und sah auf das elegante Haus, das direkt auf das Denkmal und die Seine blickte. Erste Reihe am Fluss, rechts Trocadéro, gegenüber der Eiffelturm, zentraler und zugleich eleganter ging es nun wirklich nicht. Die Avenue de New York war, wenn man aus dem Zentrum kam, die erste Straße des mondänen sechzehnten Arrondissements.

Das Haus war frisch sandgestrahlt, die schmiedeeisernen Balkone erst kürzlich gestrichen, orangene Sonnenmarkisen schirmten die bodentiefen Sprossenfenster ab. Ein echter Prachtbau. Und ganz oben, in der dritten Etage, dort, wo der Balkon umlaufend war, befand sich die Wohnung der Familie de Touquet, für die wenigen Wochen im Jahr, in denen Madame eben nicht in Giverny war.

Lacroix klingelte beim Concierge, einem mürrischen Portugiesen, der den Lift rief und den Commissaire wortlos einsteigen ließ. Nun würde er oben anrufen und die Ankunft des Gastes ankündigen.

Und richtig: Als sich die alte Aufzugtür öffnete, sah Lacroix, dass die Wohnungstür schon offen stand.

Er trat ein, und sofort eilte ihm eine junge Frau in einer weißen Schürze entgegen. Sie war von rundlicher Erscheinung, das Gesicht ganz und gar freundlich.

»Monsieur Lacroix, nehme ich an?«

»Ganz recht.«

»Nicht zu warm?«, fragte die Haushälterin und wies auf den Hut des Commissaire.

»Ach«, sagte Lacroix lächelnd, »der leistet bei der Sonne gute Dienste.«

Er reichte ihr seinen Sommermantel und den Hut, und sie verstaute beides an einer großen schmiedeeisernen Garderobe in der hinteren Ecke des Flurs.

Dann führte sie den Commissaire weiter in die Wohnung hinein, stieß eine Flügeltür auf und ließ ihn in den Raum treten, wo ihn sogleich das grelle Sonnenlicht umfing.

Lacroix musste die Augen zusammenkneifen, um sich an das Gegenlicht zu gewöhnen.

Er fand sich in einem riesigen Salon mit drei hohen Fenstern wieder, die den Blick freigaben auf die Seine und rechts gegenüber – eine unbezahlbare Aussicht – auf den Eiffelturm.

»Madame wird gleich bei Ihnen sein, Monsieur, nehmen Sie doch Platz. Madame wird es übernehmen wollen, Ihnen einen Apéro zu servieren, deshalb biete ich Ihnen nichts an.«

Mit diesen Worten verschwand sie, und Lacroix war allein.

Er sah sich um, nahm die Weite des Raumes in sich auf und ließ den Blick über die Einrichtung schweifen. Hier war die gute alte Zeit noch nicht vorbei: die Zwanzigerjahre, als in den Salons die Boheme tanzte, feierte, trank, als große Literatur erschaffen wurde, als Paris die Hauptstadt der Welt war.

Der Salon sah aus, als wäre seitdem keine Zeit vergangen. An einer Wand stand ein Sekretär aus Nussbaum, daneben ein hoch aufragender Schrank mit hölzernen Türen, in den Lacroix zu gern einen Blick geworfen hätte. Seine Ornamente waren zweifellos handgearbeitet. Gegenüber befanden sich zwei dreisitzige Sofas aus glänzendem und mit rosa Blumen bedrucktem Chintz. Dahinter sah Lacroix eine Bar, die mit Spirituosen aller Couleur, Eisbehältern und diversen Gläsern beladen war.

Was daneben nicht ins Bild passte, war der extravagante Lady Chair, ein Designersessel, den Lacroix nur kannte, weil seine Frau immer davon schwärmte. Doch das Möbelstück nach dem Entwurf eines italienischen Designers war ihnen nicht nur zu teuer gewesen – es war schlicht unbezahlbar. Hier, inmitten all der antiken Möbel, sah der moderne Sessel wie ein Fremdkörper aus.

Die linke und die rechte Wand waren übervoll, dicht an dicht mit kleinen und großen Gemälden behängt. Lacroix trat näher heran und musste nicht lange schauen, um festzustellen, dass es allesamt Originale waren. Dieses hier, ein expressionistisches Porträt eines Mädchens mit einer Katze auf dem Arm, war von Franz Marc. In der Luft lag ein Hauch von Parfum, nur dezent süß, als sollte der Duft so nobel sein wie der Rest der Wohnung.

Der Commissaire ging zur Rückseite des Raums, wo ein gewaltiger Marmorkamin in die Wand eingelassen war. Oben auf dem Sims ein einziges gerahmtes Foto, lang gezogen und in Schwarz-Weiß: Die Menschen darauf aber waren modern gekleidet, sie standen vor dem Haus, das Lacroix sehr bekannt vorkam. Und in das er schon bald einen Fuß setzen würde – zum ersten Mal. Nur wusste er das noch nicht.

Er beugte sich ein Stück hinunter, um das Foto genauer zu betrachten. Alle Mitglieder der Familie de Touquet waren darauf zu sehen.

»Sie sind pünktlich, Monsieur. Ich hatte nichts anderes erwartet.« Die Stimme hinter ihm klang zufrieden. Lacroix hatte sie nicht bemerkt. Er spürte, wie er automatisch die Schultern straffte, dann wandte er sich zu ihr um.

»Madame de Touquet«, entgegnete er. »Es ist mir eine Freude.«

Das letzte Mal war er ihr auf dem Bahnsteig in Giverny begegnet, am Gleis nach Paris. Sie hatten sich aus der Ferne zugenickt, ein Zeichen des Erkennens. Doch das hier war etwas anderes: Ihre Präsenz war beeindruckend, jetzt, wo sie so dicht vor ihm stand. Hier, in ihrem Reich, wirkte sie wie eine Königin. Dabei war sie winzig, vielleicht etwas über anderthalb Meter groß, die weißen Haare fielen glatt zu den Seiten herab, auf der Nase trug sie eine kleine runde Brille mit metallenem Rand. Lacroix erinnerte sich nicht, wie alt sie genau war. Sicher aber Ende achtzig. Dennoch zeigte ihr Gesicht kaum Falten, die kleinen Augen, die sich schnell bewegten, zeugten von einer überbordenden Intelligenz. Sie trug ein enges graues Wollkleid und braune Lederschuhe. Ihre Kleidung war im pariserischen Sinne stilvoll und modern zugleich.

»Bitte«, sagte sie, ohne ihm die Hand zu geben, »nehmen Sie Platz.«

Sie wies zu dem Sofa, und Lacroix ging die paar Schritte hinüber, vor die breite Fensterfront.

»Beginnen wir den Abend doch mit einem Laphroaig. 25-jährig.«

Sie fragte ihn nicht, sondern trat an die Bar, gab Eis in zwei Tumbler und schenkte großzügig ein. Whisky an diesem heißen Tag – er musste aufpassen, dass er nachher noch zwei gerade Sätze herausbrachte. Lacroix ließ sich auf dem Sofa nieder, dessen Polster fest wirkten, in denen er aber sofort versank. Er fühlte sich, als würde er eingesogen. Es würde schwer sein, später wieder würdevoll daraus aufzustehen.

Sie trat ums Sofa herum und reichte ihm sein Glas, dann setzte sie sich ohne zu zögern in den modernen Sessel.

»Auf Ihr Wohl, Monsieur«, sagte sie und hob ihr Glas kaum wahrnehmbar.

»Auf Ihres, Madame.«

Dann tranken sie. Sofort legte sich der Duft von Sherry und Äpfeln auf seine Zunge, die Würze, der Rauch, das alles blieb in seinem Kopf, die Aromen der fünfundzwanzig Jahre, die der Whisky Zeit hatte zu reifen.

»Das Gute daran ist, dass ich keine Sorge mehr um meine Gesundheit habe, jetzt, wo ich spüre, dass sich alles dem Ende zuneigt.«

Er sah sie interessiert an, doch ihr Gesicht war ohne Traurigkeit, es war eher, als prüfte sie seine Reaktion, dabei hatte sie es so ungerührt gesagt, als wollte sie über das Wetter reden.

»Wie meinen Sie, Madame de Touquet?«

Sie räusperte sich, dann betrachtete sie die schimmernde Flüssigkeit in ihrem Glas.

»Jemand ist auf dem besten Wege, mich zu töten.«

Lacroix erwiderte nichts. Er hatte geahnt, dass Madame de Touquet ihn nicht nur zum Plaudern eingeladen hatte. Aber mit dieser Offenbarung hatte er nicht gerechnet. Er brauchte sie nicht aufzufordern weiterzureden.

»Tatsächlich, Monsieur Lacroix, habe ich große Lust, so viel Whisky zu trinken, wie ich nur kann, weil ich sorgenfrei bin, was meine Zukunft angeht. Hingegen habe ich überhaupt keine Lust darauf, jetzt schon von dieser Welt abberufen zu werden. Die Mitglieder der Familie de Touquet, müssen Sie wissen, werden im Allgemeinen sehr alt. Mit hundert Jahren ist meine Mutter noch zu Jagdgesellschaften gegangen. Und bis dahin fehlen mir noch ein paar Jährchen.«

Lacroix versuchte, sich im Sofa aufzurichten, aber es gelang ihm nicht gänzlich, also räusperte er sich und rieb sich die Stirn.

»Wie sollen Sie denn daran gehindert werden, hundert zu werden, Madame?«

»Es geschieht bereits«, sagte sie leise und deutete mit dem linken Zeigefinger auf ihre Brust.

»Was geschieht?«

»Hier drinnen. Es arbeitet. Ich spüre es.«

Es ging ihm gegen den Strich, das alles hier. Ihre Unverblümtheit und gleichzeitige Geheimnistuerei, dieses Sofa, die Art und Weise, wie sie ihn hierherbestellt hatte. Lacroix stellte sein Glas neben sich und sagte:

»Madame, ich weiß, dass meine Frau sehr verlässlich ist – und sehr pünktlich, erst recht, wenn es sich um eine Einladung bei Ihnen handelt. Sie wird also bald hier sein. Und Sie wollen mir sicherlich sagen, worum es geht, bevor sie eintrifft. Es wäre also gut, wenn Sie zum Kern des Problems kommen würden.«

Es war härter herausgekommen, als er es gewollt hatte, aber sie hatte dem Commissaire etwas mitteilen wollen, und wenn es um seinen Beruf ging, war Zögerlichkeit nicht seine Sache.

»Jemand vergiftet mich«, brach es aus ihr hervor, mit lauter Stimme, es schien, als würde ein Stück ihrer Schale abplatzen. »Jemand will, dass ich sterbe. Ich spüre es, an meiner Übelkeit am Morgen, am Grummeln in meinem Bauch. Ich habe keine Gebrechen, ich hatte niemals welche. Deshalb weiß ich, wenn etwas nicht stimmt. Und hier stimmt etwas ganz gewaltig nicht.«

Lacroix schüttelte sanft den Kopf.

»Madame de Touquet, das überrascht mich, wenn ich das so sagen darf. Eine Vergiftung ...«, er ließ die Worte in der Luft hängen, »aber ... also wenn dem so sein sollte, dann werden wir es herausfinden.« Er sah sie ernst an. »Waren Sie schon bei einem Arzt, um Ihre Theorie untermauern zu lassen?«

Sie schüttelte entrüstet den Kopf.

»Wo denken Sie hin, Monsieur? Ich pflege nicht derart persönliche Dinge in die Öffentlichkeit zu tragen.«

»Ihr Arzt ist ja sicherlich so diskret, wie Sie es verdienen. Und nun erzählen Sie es ja auch mir.«

Sie wedelte mit der Hand im Raum herum. »Ich bitte Sie, Monsieur, Sie sollten nicht kokettieren. Sogar in meinem Salon wird Ihr Name ständig im Mund geführt, wenn es darum geht, wie verkommen die Pariser Behörden sind, Sie aber als Leuchtturm aus diesem ganzen Sumpf von Misswirtschaft und Unvollkommenheit herausragen. Deshalb gab es für mich keinen Zweifel, dass ich mich an Sie wenden muss – schließlich geht es um eine sehr persönliche Frage von Leben und Tod. Verstehen Sie? Ich möchte nicht, dass der Urheber dieser Sache sein Ziel erreicht, und gleichzeitig möchte ich den Ruf meiner Familie …«

Wieder ließ sie den Satz unvollendet.

»Madame, meinen Sie etwa …«

Sie nickte fest.

»Ja, ich meine, dass mir jemand aus meiner eigenen Familie nach dem Leben trachtet.«

»Wie kommen Sie darauf?«

Sie stand auf und ging flinken Schrittes zur Bar, füllte ihr Glas aufs Neue und betrachtete kurz das Glas von Lacroix, das noch halb voll war. Dann nahm sie wieder Platz und trank einen kleinen Schluck.

»Es hat begonnen, als wir alle zum *dîner* zusammensaßen. Draußen in Giverny. Es war ein sehr merkwürdiger Abend, etwas lag in der Luft. Die Schmerzen begannen am nächsten Morgen. Und seitdem sind sie nicht mehr verschwunden.«

»Wann war das?«

»Vor etwa zwei Monaten.«

»Sie werden seit zwei Monaten vergiftet? Verzeihen

Sie die Frage, Madame, aber warum sind Sie dann noch hier?«

»Derjenige, der es tut, ist klug. Er macht es langsam. Es ist ein …«, sie schwenkte den Whisky im Glas, »ein langsames Verschwinden. Der Täter will es so aussehen lassen, als würde ich langsam, aber sicher gebrechlich. Als würde ich mich nicht wundern, wenn auf einmal, aus heiterem Himmel, Beschwerden auftreten. Aber ich kenne meinen Körper. Ich weiß, wenn etwas nicht stimmt.«

»Sie sagten, es war ein merkwürdiger Abend draußen in Giverny. Was meinen Sie damit, Madame?«

»Wir sind eine große Familie, Monsieur Lacroix. Eine hochintelligente Familie, die zugleich ein wenig … nun ja, speziell ist. Jeder von uns hat seine ganz besonderen Eigenheiten. Und ich?«

Sie lachte leise und zurückgenommen, gänzlich damenhaft.

»Ich bin der Seismograf dieser Familie. Ich sehe meine Kinder an – und ihre ganz und gar reizenden Gefährtinnen – und weiß sofort, wenn sich eine Krise ankündigt. Ob etwa eine Scheidung ins Haus steht, die auf keinen Fall in der *Paris Match* erwähnt werden darf. Oder ob eine der jungen Damen ein Baby unter dem Herzen trägt. Ich spüre es. Und an diesem Tag lag etwas in der Luft, Nachwuchs war es allerdings nicht.«

»Madame, haben Sie denn jemanden in Verdacht?«, konnte Lacroix noch fragen, doch dann hörte er den leisen Gong. Ausgerechnet jetzt, als es wichtig wurde.

»Ich habe einen Plan, Commissaire. Wir reden drüber, wenn die Zeit reif ist.«

Dann kniff sie kurz die Augen zusammen, als hieße sie ihn schweigen. Sofort veränderte sich der Ausdruck auf ihrem Gesicht, wie ein Vorhang, der heruntergelassen wurde.

»Madame Lacroix ist gekommen«, sagte das Hausmädchen, als es eintrat, hinter ihr gemessenen Schrittes Dominique. Der Commissaire spürte Erleichterung, seine Frau zu sehen, gleichzeitig hätte er das Gespräch mit der alten Dame gerne fortgesetzt.

»Madame de Touquet, es ist mir eine große Freude«, sagte sie, und die alte Dame griff nach ihrer Hand, zog sie heran und gab ihr zwei Begrüßungsküsse. Kein Zögern, keine Distanz. Kein Zweifel, hier begegneten sich zwei Frauen auf Augenhöhe.

Dominique Lacroix war die eben wiedergewählte Bürgermeisterin des noblen siebten Pariser Arrondissements, eine erfolgreiche Politikern der konservativen Partei – wahrscheinlich sah Madame de Touquet in Madame Lacroix eine jüngere Ausgabe von sich selbst.

»Es ist mir eine große Freude, Madame la Maire, und es wäre mir ehrlich eine größere Freude, wenn ich nicht diesen schrecklichen Kerl wählen müsste, den Ihre Partei seit gefühlt fünfunddreißig Jahren in meinem Bezirk aufstellt, sondern endlich auch eine Frau mit Ambitionen, wie Sie es sind. Sehen Sie, mein Quartier verstaubt, hier gibt es nur noch reiche Russen und Araber, doch bei Ihnen drüben *rive gauche,* da hat die Zukunft schon begonnen.«

»Das ist zu freundlich«, erwiderte Madame Lacroix. Der Commissaire wusste, dass seine Frau den alten Bürgermeister des sechzehnten Arrondissements sehr mochte, er war wie ein Mentor für sie. Auch Madame de Touquet musste das wissen – doch sie genoss es sicherlich wie viele elitäre Pariserinnen, alle Welt in Gesprächen in allzu klug erdachte Zwickmühlen zu bringen. Wenn Dominique sich provoziert fühlte, ließ sie es sich jedenfalls nicht anmerken.

»Ihr Mann war etwas zu früh, ich habe ihm bereits etwas angeboten. Nehmen Sie auch davon?«

Skeptisch betrachtete Dominique die Flasche mit dem Whisky und lächelte sanft:

»Wenn es ginge, hätte ich gern einen Champagner.«

»Sehr gerne. Claire, Liebes, bringen Sie Madame la Maire einen Piscine?«

Sie hörten den Korken in der Küche knallen, Augenblicke später brachte die junge Frau das weite Glas mit Eiswürfeln, darauf floss der Champagner.

Lacroix wünschte sich, mutiger zu sein. Auch er hatte Durst. Ein geeister Champagner – die sogenannte Piscine – war für ihn zwar ein Frevel, heute wäre er jedoch genau das Richtige.

»Ich sehe schon«, sagte Madame de Touquet, »bringen Sie Monsieur Lacroix auch einen davon, er schielt so sehnsüchtig darauf.«

Sie war wirklich ein Seismograf, selbst die kleinsten Blicke fing sie auf – oder erwartete sie sogar, dachte Lacroix. Kein Zweifel, dass ihre Familie erst recht ein offenes Buch für sie war.

»Was hält Sie bei diesem Wetter in der Stadt, Madame?«, fragte Dominique. »Es muss doch jetzt herrlich sein draußen in Giverny. Die frische Luft, die leichte Brise, die aus dem Vexin herüberweht, Ihr altes Steinhaus …«

»Sie haben recht«, entgegnete Madame de Touquet und warf einen kritischen Blick aus dem Fenster. Erst jetzt fiel Lacroix der Eiffelturm wieder auf, der genau in seinem Blickfeld stand. Eigenartig, wie sehr ihn dieses Gespräch in den Bann gezogen hatte.

»Die Stadt ist bei dieser Hitze wirklich unerträglich«, fuhr Madame fort. »Aber ich habe einige Dinge zu erledigen, die keinen Aufschub dulden.«

Dabei sah sie mit einem kurzen Seitenblick zu Lacroix.

»Am Mittwoch werde ich aber wieder hinausfahren.« Sie sog die Luft ein. »Ich gebe ein großes Fest am kommenden Wochenende. Ich würde mich sehr freuen, wenn Sie meine Gäste wären. Das war auch der Grund für meine Einladung heute. Ich bin ja, Sie werden es wissen, Madame Lacroix, die Schirmherrin der Giverny-Stiftung – und ich würde es sehr schätzen, wenn Sie die Arbeit der Stiftung mit Ihrer Anwesenheit würdigen. Die Details würde ich gerne mit Ihnen besprechen, auf meinem Anwesen.«

»Madame de Touquet, das ist wirklich eine große Ehre«, begann Dominique, »allerdings wird es uns nicht möglich sein. Wir haben dringende Verpflichtungen, die uns an Paris binden, und ich befürchte …«

Der Commissaire räusperte sich, sodass Dominique

ihn nicht einmal anzusehen brauchte, um zu wissen, dass sie sich besser unterbrach.

»Ich hatte noch keine Gelegenheit, mit dir darüber zu sprechen«, sagte er, »aber meine Termine wurden abgesagt, deshalb«, er wandte sich Madame de Touquet zu, »nehmen wir Ihre Einladung an, mit großem Vergnügen.«

Dominique zog eine Augenbraue hoch, sagte aber nichts. Ein Glöckchen klingelte, noch so ein Relikt aus vergangener Zeit.

Madame de Touquet erhob sich und führte sie nach nebenan in ein großzügiges Esszimmer, das denselben atemberaubenden Ausblick hatte.

Der Rest des Abends verging in überraschender und unaufgeregter Gesprächigkeit, und während draußen das letzte Licht des Tages verschwand, stellte Lacroix fest, dass auch in feinsten Kreisen überaus gut und reichhaltig gegessen wurde. Und der leicht gekühlte 2005er Château Gloria zum Kalbsfilet mit Steinpilzen war selbst in der Augusthitze eine großartige Wahl.

4

Lacroix liebte diese Stunde am Mittag, wenn sich die Symphonie der Rue de Buci zu einem Höhepunkt steigerte:

»*Salut,* Madame Abeille«, riefen da etwa die Müllmänner, die ihren grünen Lastwagen so sperrig an den Straßenrand gestellt hatten, dass nur noch Motorroller und diese schrecklich modernen zweisitzigen Autos daran vorbeikamen – doch die Männer standen schon an der Bar, denn nun war *pause de déjeuner.*

Im Saal schwatzten Männer mit Anzügen und Frauen in schicken Kostümen miteinander, an der Bar versammelten sich die Literaturagenten und Verlagslektoren, daneben stand ein Polizist in Uniform und ebenjene Angestellten der *Propreté de Paris:* Es war die Demokratie des Mittagessens. Währenddessen herrschte draußen vor dem Fenster der normale Betrieb: Beim *tabac* stand man Schlange, um Lotto zu spielen oder Zigaretten zu erstehen, daneben beim *poissonnier* wählten die Hausfrauen Doraden und Wolfsbarsche für das *dîner* aus.

Lacroix stand wie üblich ganz links an der Bar, dort, wo die Ecke für die Stammgäste war. Sein Bruder war eben entschwunden, denn er musste die Mittagsmesse halten, und Alain verkaufte wieder in seinem Laden Obst und Gemüse.

Lacroix wähnte sich also in Sicherheit und in trauter Ruhe. Deshalb zuckte er merklich zusammen, als neben ihm eine Stimme laut wurde, der man anhörte, dass sie es gewohnt war, Anweisungen zu geben.

»Monsieur Lacroix.«

Er wandte sich schnell um und musste erst mal den Blick senken, denn vor ihm stand klein und dennoch höchst gebieterisch Madame de Touquet.

»Madame«, sagte er. Sie passte in diese Umgebung wie ein Löwe in den Streichelzoo.

»Ich habe gehört, dass das der Ort ist, den Sie dem Büro vorziehen.«

»Zur Mittagsstunde«, sagte Lacroix leicht indigniert, doch dann fing er sich. »Was kann ich für Sie tun?«

»Wir wurden gestern unterbrochen. Aber ich bin wirklich in großer Sorge – und das Wochenende ist mir noch deutlich zu lange hin. Deshalb bin ich hergekommen. Ich möchte, dass Sie mir helfen, dass Sie mich untersuchen lassen, damit wir herausfinden, was vor sich geht.«

»Jetzt?«

Um es ganz ehrlich zu sagen: Lacroix hatte nach dem *dîner* befürchtet, eine schlaflose Nacht vor sich zu haben. Solche Geschichten beschäftigten ihn im Allgemeinen lange und schlugen ihm derart aufs Gemüt, dass er nicht zur Ruhe kam. Doch in diesem Fall hatte er nur die erste Stunde der Nacht mit Grübeln verbracht: Er hatte das Für und Wider abgewägt, sich die Fotos der Familie in Erinnerung gerufen, über die Gifttheorie von Madame de Touquet nachgedacht. Irgendwann um Mitternacht war er zu dem Schluss gekommen, dass an der Geschichte nichts dran war. Es war ein Fazit gewesen, das sein Gehirn sofort hatte verstummen lassen, und dann war der Schlaf über ihn gekommen. Am Morgen hatte er sich gefragt, ob es das richtige Urteil gewesen war. Und hatte es erneut bejaht. Madame de Touquet drehte sich gern um sich selbst, hatte Lacroix gedacht – und nun, als sich bislang ungekannte Gebrechen zeigten, war sie sich sicher, dass ihr jemand ans Leder wollte. Der Commissaire hatte entschieden, dass er sie dennoch würde untersuchen lassen, in aller Ruhe.

Doch nun, im Chai de l'Abbaye spürte er, dass es ihr Ernst war, dass sie im Gegensatz zu ihm wohl wirklich eine schlaflose Nacht verbracht hatte – und dass sie nicht eher Ruhe geben würde, bis er sich der Sache annahm.

Er seufzte schwer.

»Yvonne, stornierst du bitte meine *chou farci?*« Die Wirsingroulade mit Tomaten-Karotten-Sauce war sein Lieblingsgericht im Chai, und er ließ sie sich nur schweren Herzens entgehen.

»Kein Hunger, *mon cher?*«

»Eine Angelegenheit, die nicht warten kann. Nun denn, Madame, gehen wir.«

Sie verließ das Bistro mit trippelnden Schritten, und er folgte ihr.

»Ich habe gedacht, wir könnten zusammen fahren, Monsieur«, sagte sie.

Vor dem Bistro wartete auf dem Behindertenparkplatz eine schwarze Limousine mit laufendem Motor.

Die Fahrertür öffnete sich, und ein Mann in Uniform stieg aus, um ihnen den Schlag aufzuhalten.

Sie stieg zuerst ein, und er nahm auf der anderen Seite auf dem Rücksitz Platz – es war ein riesiges Auto, die Sitze waren aus Leder, ein deutsches Modell.

Als er nichts sagte, wurde ihre Stimme schroff:

»Sie müssen meinem Fahrer schon Anweisung geben, wohin er steuern soll.«

Lacroix riss die Augen auf.

»Ach so, natürlich, äh, Monsieur, bitte zum Institut médico-légal, am besten, Sie fahren über den Quai de la Rapée heran.«

Sofort setzte sich der Wagen in Bewegung, im Inneren waren kaum Geräusche zu hören.

»Ich war mir nicht sicher, ob Sie mich rasch aufsuchen würden«, sagte sie, »und weil ich morgen schon nach Giverny abreise, dachte ich mir, dass es so schneller ginge. Ich bin ganz außer mir, wegen all dem.«

»Verzeihen Sie, Madame, es war einfach wahnsinnig viel zu tun«, sagte Lacroix so wenig überzeugend, dass er sicher war, sie würde ihm gleich widersprechen. Aber natürlich blieb sie stumm. Die alte Dame ließ ihn sich allein unwohl in seiner Haut fühlen.

Die Stadt flog vorbei, der Boulevard Saint-Germain, der Fahrer brauste über die Île Saint-Louis an der Rückseite der Kathedrale Notre-Dame entlang und dann auf der rechten Seine-Seite über den Quai Henri IV.

Der Rest der Fahrt verstrich wortlos, bis sie vor dem niedrigen Gebäude am Ufer des Flusses hielten, das die Gerichtsmedizin der Stadt Paris beherbergte.

Der Fahrer hielt am schmiedeeisernen Tor, hinter dem sich ein kleiner Park und das Backsteingebäude mit seinem säulenbestandenen Portal erstreckten. Auf der anderen Seite der Rechtsmedizin rauschte der Verkehr der Quais vorbei – und hoch oben auf dem Viadukt die Metro der Linie 5.

Lacroix hätte sich gerne eine Pfeife angesteckt, aber er scheute den Blick von Madame de Touquet – und er wollte die Sache schnell hinter sich bringen.

Sie betraten das Gebäude, dann ging es eine kleine Treppe hinunter in den Keller. Metalltische standen nebeneinander, weiter hinten befanden sich der Kühlraum und die Sektionshalle.

Doch die bekannte Gestalt von Docteur Obert trat schon aus einer Tür, und der alte Mediziner wandte sich überrascht um.

»Ich sehe einen seltenen Gast: Commissaire, was machen Sie denn hier, in diesen heißen Tagen? Gar nicht in der Sommerfrische?«

»Stets im Dienst, mein lieber Docteur«, antwortete Lacroix fröhlich. Er mochte den verschrobenen Rechtsmediziner, der schon so lange Jahre Dienst tat wie der Commissaire – und der seine endlosen Tage mit den Toten stets mit einer Prise klugen Humors würzte.

»Was haben Sie für mich?«, fragte er, als er näher trat. Er erschrak kurz, weil er erst jetzt Madame de Touquet entdeckte, die in Lacroix' Rücken gestanden hatte.

»Oh, Madame, *excusez-moi, bonjour.*«

Lacroix fand es bemerkenswert, wie die Menschen auf Madame de Touquet reagierten. Er hatte es zuerst an sich festgestellt: Er war beinahe unterwürfig gewesen, und das Gleiche stellte er nun bei Docteur Obert fest, der sonst nie um einen lockeren Spruch verlegen war. Der alte Adel und das selbstsichere Auftreten der Madame schüchterten ein.

»*Bonjour*, Monsieur«, sagte sie.

»Docteur Obert«, begann Lacroix, »Madame de Touquet ist eine gute Freundin der Familie. Sie hat große Sorgen um ihre Gesundheit.«

»Aber mein lieber Maigret, ich behandle hier doch keine Patienten. Ich habe einige sehr gute Ärzte in meinem Bekanntenkreis, dahin könnte ich sie …«

»Docteur«, unterbrach ihn Lacroix, »sagen wir mal, Madame hegt die Vermutung, dass die gesundheitlichen Probleme von einem nicht ganz legalen Grund herrühren. Und sie wünscht, dass Sie sie untersuchen. Ich meine: Madame fürchtet eine Vergiftung. Und mir ist keiner eingefallen, der das besser und zudem vertraulicher untersuchen könnte als Sie.«

Docteur Oberts Gesicht hellte sich auf. Lacroix hatte sich nicht getäuscht, das war eine Geschichte nach seinem Geschmack.

»Ah, das ist etwas anderes. Was für ein Gift befürchten Sie?«

»Wir haben keine Ahnung.«

»Madame, bitte, kommen Sie.«

Er führte sie in ein kleines Büro mit einem Fenster, das zum Sektionsraum zeigte. Lacroix kannte all diese Räume zur Genüge, doch Madame de Touquet war offenkundig interessiert.

»Sehen Sie, Docteur«, sagte sie, »ich will nämlich nicht schon in naher Zukunft hier auf Ihrem Tisch liegen.«

»Wenn es etwas gibt, was Sie hierherbringen könnte, dann werden wir es finden – und hoffentlich aufhalten«, sagte Docteur Obert. »Sie werden noch viele gute Jahre haben, Madame.«

Sie trippelte unruhig im Raum umher. Geduld war nicht ihre Stärke, schien es. Sicher war sie es auch einfach nicht gewöhnt, warten zu müssen.

»Und wie?«

»Nehmen Sie bitte Platz.«

Als alle drei um seinen Schreibtisch saßen, fragte Docteur Obert:

»Was sind denn die Symptome, Madame?«

Sie legte ihre Hände auf seinem Schreibtisch ab und sagte, ohne zu zögern:

»In meinem Bauch rumort es, morgens habe ich sogar richtige Schmerzen. Ich bin auch müder als sonst. Und …«, sie unterbrach sich, »ach, sicher ist es nichts …«

»Madame, bitte, ich würde Ihnen gern helfen. Und dazu muss ich alles wissen.«

»Es fällt mir sehr schwer, es auszusprechen«, wand sie sich, »aber es ist, als verströmte ich einen unangenehmen Geruch. Ich spüre auf Veranstaltungen und Empfängen, wie sich die Menschen von mir abwenden …«

Docteur Obert wurde immer interessierter. Er nahm sie genau in Augenschein, ließ seinen Blick über ihren Körper und ihre Hände wandern.

»Gut, ich würde Sie gerne ansehen, Madame. Und

dann brauchen wir … Verzeihen Sie, aber wir brauchen eine Urinprobe. Ich nehme Ihnen auch noch Blut ab. Aber ich habe schon eine Idee.«

Sie stand auf.

»Haben Sie das schon lange?«

»Was denn?«

»An den Fingernägeln.«

Sie zögerte einen Moment, reichte ihm dann aber doch beide Hände.

»Was meinen Sie?«

»Diese weißen Kerben dort.«

Jetzt sah auch Lacroix die weißen Streifen auf den Nägeln. In den Tiefen seines Gehirns arbeitete es. Es war so lange her, dass er gar nicht auf ihre Nägel geachtet hatte – das war doch gänzlich unmöglich. Und doch waren die Streifen typisch. Sollte sie doch recht haben?

»Lassen Sie uns bitte allein, Commissaire. Ich werde Madame de Touquet untersuchen, dann hole ich Sie wieder herein.«

Der Commissaire trat aus dem Büro und stieg die Treppe empor, schnell hinaus aus der Kälte und dem scharfen Geruch der Desinfektionsmittel. Er öffnete die Tür im Erdgeschoss und stand in der gleißenden Sonne. Rasch nahm er seine Pfeife aus der Tasche, entzündete sie und nahm einen tiefen Zug. Er atmete durch, nahm noch einen Zug und lehnte sich grübelnd an die Wand.

Konnte es sein? Wurde Madame de Touquet vergiftet?

5

Er hätte es nicht für möglich gehalten, aber tatsächlich: Nur einen Abend nach dem *dîner* klingelte er wieder an der Tür am Pont d'Alma. Er stieg die drei Etagen nach oben, dann öffnete die ihm schon bekannte junge Frau mit einem Lächeln die Tür.

»Oh, Commissaire, kommen Sie, sie erwartet Sie bereits.«

Es war dasselbe Zimmer wie gestern Abend, doch diesmal stand Madame de Touquet schon im Raum, das Fenster hinter ihr war weit geöffnet, sie schien auf den Eiffelturm zu blicken, die warme Abendluft wehte herein.

»Monsieur?«

Sie wandte sich sofort zu ihm um.

»Guten Abend, Madame de Touquet.« Er spürte, wie belegt seine Stimme war. Die Aufregung hatte seit einer guten Stunde Besitz von ihm ergriffen.

»Sie bringen schlechte Nachrichten, nehme ich an, deshalb weiß ich nicht, ob es ein guter Abend ist.«

Sie nahmen Platz, er auf der alten Couch, sie im modernen Sessel. Diesmal bot sie ihm nichts an.

»Docteur Obert hat die ersten Ergebnisse der Untersuchung, das Blut steht noch aus. Doch schon jetzt gibt es keinen Zweifel. Sie hatten recht, Madame, jemand will Sie vergiften.«

Lacroix war fast der Hörer aus der Hand gefallen, als der Rechtsmediziner ihn vor anderthalb Stunden im Kommissariat angerufen hatte. Sicher, er hatte die Indizien zusammengenommen, und doch war es eine Überraschung gewesen, dass es tatsächlich stimmte. Auch Obert hatte sehr aufgeregt geklungen. Die weißen Nägel, die fahle Haut. Wirklich daran geglaubt hatte wohl auch er nicht.

»Ich hatte das seit Jahrzehnten nicht mehr«, hatte der Docteur am Telefon gesagt. »Ich dachte, das gäbe es gar nicht mehr. Natürlich, wir haben manchmal niedrige Konzentrationen, wenn jemand über Monate hinweg den Reis nicht wäscht. Aber in dieser Menge? Commissaire, *mon cher,* halten Sie sich fest: Madame de Touquet hat eine Arsenvergiftung.«

»Sie sind sich sicher, nehme ich an …«, hatte Lacroix nach einer Pause gefragt.

»Ohne Zweifel«, hatte Docteur Obert geantwortet. »Ohne jeden Zweifel. Schon die äußeren Anzeichen wiesen darauf hin. Sie haben ja nur die Hände gesehen. Aber unter ihren Fußsohlen, da hatte sie die ganz typischen Arsenzeichen: Risse in der Haut, dazu diese kleinen Flecken. Und die Nägel, Lacroix, die Fingernägel, die Fußnägel, ich hab es sofort gewusst, auch wenn ich es nicht glauben wollte.«

»Madame, Sie hatten recht: Wir haben deutliche Spuren von Gift in Ihrem Körper gefunden. Es scheint, dass Sie seit mindestens zwei Monaten mit Arsen vergiftet wurden.«

Er beobachtete sie genau. Ja, vielleicht wurde sie

eine winzige Spur blasser, ansonsten aber verzog sie keine Miene. Sie saß ganz aufrecht da und wiederholte: »Arsen.« Dann ließ sie das Wort durch die Luft schweben. »Arsen«, sagte sie eine Spur weicher. »Wirklich? Arsen? Das ist ja …«

Lacroix nickte. »Sie haben Glück, dass Sie uns Überbleibsel einer alten Zeit damit betraut haben. Junge Polizisten kennen keine Arsenspuren mehr, und auch ich habe so etwas lange nicht mehr gesehen, wenn ich ehrlich bin. Es ist wirklich eine Vergiftung wie vor zweihundert Jahren.«

Sie schüttelte den Kopf.

»Aber ich frage Sie, warum lebe ich noch?«

»Docteur Obert meint, es ist eine perfide Methode: Ihnen wurden über einen längeren Zeitraum niedrige Dosen verabreicht. Deshalb zeigen sich nach und nach Anzeichen einer chronischen Vergiftung. Die fallen aber bei Weitem nicht so schnell auf wie eine akute Vergiftung, bei der Sie sofort ins Delir fallen. Ihre Symptome sind Unwohlsein und die Auffälligkeiten an den Nägeln und auf der Haut, die aber die meisten Menschen heute gar nicht mehr lesen können – ganz einfach, weil Arsen so aus der Mode gekommen ist. Sie werden also immer kränker und kränker, und wenn Sie ganz schwach sind, dann …«

»Dann wäre ich gestorben.«

Lacroix nickte.

»So wäre es geschehen. Und da Sie vorher ja schon klagten, hätte man es auf eine Krankheit geschoben, nehme ich an.«

»Sie haben recht, ein perfider Plan.« Die Stimme der alten Dame klang traurig. »Aber wie gelingt das? Ich bin doch allein in meinem Haus.«

»Sie haben Personal«, sagte Lacroix.

»Ach, die gute Claire, sie gehört zum Inventar. Warum sollte sie so etwas tun?«

»Haben Sie bestimmte Rituale?«

Sie lehnte sich im Sessel zurück, und ein leises Lächeln überspannte ihr Gesicht.

»Mein Leben ist ein einziges großes Ritual. In meinem Alter besteht es aus einer Abfolge des Immergleichen.«

»Wir müssen untersuchen, was Sie essen, was Sie trinken. Weil die Vergiftung nun schon eine Weile andauert, wird das eine schwierige Angelegenheit. Und doch: Irgendwie muss das Arsen in niedrigen Dosen in Ihren Körper kommen.«

Madame de Touquet blickte auf einen Punkt hinter Lacroix, erst nach einer gefühlten Ewigkeit bewegten sich ihre Lippen wieder.

»Dass sie es darauf ankommen lässt, *la petite,* das hätte ich nicht gedacht.«

Lacroix wartete, aber es kam nichts mehr.

»Was meinen Sie, Madame?«, fragte er. »Wen meinen Sie?«

Doch sie blickte immer noch durch ihn hindurch und sagte, dumpf und wie durch einen Nebel:

»Sie kommen ja zu uns, in wenigen Tagen schon. Ich will Ihr Urteil nicht dadurch trüben, dass ich Ihnen ein Vorurteil einpflanze, wenn Sie verstehen.«

Zweierlei Seerosen

6

Sie hat wirklich *la petite* gesagt?«, fragte Dominique und betrachtete prüfend das Gesicht ihres Mannes. Doch Lacroix war in Gedanken. Er grübelte seit zwei Tagen immer wieder über diese Vergiftungsgeschichte, über die Andeutungen der alten Dame, sodass er die Sonne vor dem Fenster, die Landschaft, die immer grüner wurde, all die Schönheit nur schemenhaft wahrnahm.

Der Zug war vor zwanzig Minuten am Gare Saint-Lazare losgeruckelt, vor ein paar Minuten hatten sie bei Asnières die Seine überquert, der Fluss hatte unter der Brücke geglänzt, und die Spitze der Île de la Grande Jatte war voller Ausflügler gewesen. Nun, hinter Argenteuil, war die Betonwüste vergessen, neben ihnen blühte der späte Raps.

»*La petite*«, sagte er und nickte, als wäre er eben aus einem Traum erwacht. »Ich glaube, ja, aber vielleicht habe ich mich auch verhört.«

»Denkst du, sie weiß, wer es auf sie abgesehen hat?«

»Ich glaube, es gibt wenig, was Madame de Touquet nicht weiß«, antwortete Lacroix.

»Ja, sie ist ... bemerkenswert. Unglaublich, dass sie sterben sollte ...«, flüsterte Madame Lacroix, obwohl das Abteil beinahe leer war. Statt in der ersten Klasse des Intercité nach Rouen waren die meisten Pariser längst am Strand in Deauville oder Le Touquet.

»Ich hätte allerdings auch auf eine Täterin getippt«, fuhr sie fort, »schließlich ist es ja in den Büchern so, dass stets Frauen die Giftmörderinnen sind, oder?«

»Ich hätte nicht gedacht«, sinnierte Lacroix, »dass ich es jemals wieder mit einem Arsenfall zu tun bekomme.«

»Was für eine absonderliche Einladung, ein Sommerfest, und wir sind nur dabei, um die Familie von Madame de Touquet zu beäugen und besonders alle *petites dames* unter Verdacht zu stellen.«

»Du allerdings darfst dich auch vergnügen, meine Liebe«, sagte Lacroix lächelnd.

»Habt ihr schon etwas von dem Gift nachweisen können?«, fragte Dominique.

»Ich habe Docteur Obert gestern einige Proben geschickt, von Speisen und Getränken, die ich in der Wohnung zusammengesammelt habe. Es war nicht ganz leicht, Madame de Touquet musste das Hausmädchen unter einem Vorwand nach draußen schicken. Nun untersucht der Docteur alles.«

»Dass sie nicht längst daran gestorben ist …«, sagte Madame Lacroix mit ehrlicher Betroffenheit. »Es muss doch ein enormes Leiden sein, wenn das Gift im Körper arbeitet.«

»Sie ist eine Dame, die die Zähne zusammenbeißt«, gab Lacroix zurück, »doch sie hat die ganze Zeit gespürt, dass etwas nicht stimmt.«

»Ich freue mich auf zu Hause«, sagte seine Frau und lehnte sich in ihrem weichen Sitz zurück.

Die Bürgermeisterin des siebten Arrondissements war keine Pariserin. Sie war in Giverny geboren, diesem Kleinod am Rande des normannischen *pays du Vexin*. Als Einzelkind hatte sie nach dem Tod ihrer Eltern das Familienanwesen geerbt – das Ehepaar Lacroix nutzte es als Sommerhaus. Für Dominique war jede Fahrt in das kleine normannische Dorf eine Reise in die Vergangenheit.

Sie spürte, dass er nicht weiterreden wollte, und griff zu ihrer Zeitung, wie stets *Le Figaro*. Er sah, wie sie sich darin vertiefte, und versuchte, weiter aus dem Fenster zu blicken, doch nach nicht einmal zwei Minuten brach es aus ihm heraus.

»Herrje, ich habe es nicht geglaubt. Ich dachte, sie ist verrückt geworden. Aber nun stimmt es. Sie wird wirklich vergiftet. Was soll ich tun? Eines ihrer Familienmitglieder verhaften? Da können wir doch gleich aus Giverny wegziehen.«

Sie zog eine Augenbraue hoch, dann ließ sie die Zeitung sinken.

»Es ist wirklich jemand aus der Familie, meinst du?«

Er sah sie an.

»Nichts anderes erscheint mir möglich.«

Seine Stimmung hatte sich weiter verfinstert, sodass sein Blick ziellos umherwanderte.

»Ach, mein Liebling«, sagte sie und berührte sanft seine Hand, »du wirst es schon richten.«

Dennoch legte sie die Zeitung weg, als wollte sie mit ihm zusammen nachdenken.

Er betrachtete die wechselnden Bilder vorm Fenster, doch im Geiste stand er immer noch im Salon von Madame de Touquet und sah das Familienfoto an – die

Gesichter der vier Söhne und der vier Schwiegertöchter. Es fiel ihm leicht, sich jedes Detail des Bildes in Erinnerung zu rufen: die jungen Männer, in deren Gesichtern die Gnade der reichen Geburt abzulesen war. Sie alle stammten aus einer bedeutenden Familie – und in den Zügen der jungen Frauen neben ihnen war das Glück abzulesen, es in diese bedeutende Familie geschafft zu haben.

Mantes-la-Jolie lag längst hinter ihnen, die Landschaft war nun hügelig, immer wieder tauchte der dunkelgraue Fluss neben ihnen auf, dann verschwand er wieder. Nach dem Heizkraftwerk war alle Moderne verschwunden, nun schien es Lacroix, als wäre er in eine längst verloren geglaubte Welt eingetaucht. Eine Welt, in der Madame de Touquet immer noch lebte. Eine Welt der Herrenhäuser, der Adligen, der Diener und Köche auf den Höfen.

Auch Claude Monet hatte auf seiner Fahrt ins Grüne die Bahnlinie Paris–Rouen genommen. Tatsächlich hatte er aus dem Zugfenster das Haus gesehen, in dem er später wohnen sollte, mit dem Garten, in dem er seinen Seerosenteich anlegte. Er hatte sich aus dem Zug heraus in das Anwesen verliebt, es gekauft und nach seiner genauen Vorstellung gestaltet.

Endlich erfüllten schöne Gedanken seinen Kopf, dachte Lacroix, als sie in den Bahnhof von Giverny einrollten. Doch das Wochenende sollte den Blick auf sein geliebtes Dorf und die Menschen, die in ihm wohnten, gänzlich verändern.

7

Dominique stieß das Flügelfenster des Wohnzimmers auf. Die Sommerluft drang herein und trug den Geruch des alten Hauses hinaus. Sie waren seit einigen Wochen nicht hier gewesen.

Das Sonnenlicht fiel bis in die hinterste Ecke des Zimmers. Lacroix besah sich diesen Ort, den er so liebte: Die antiken Möbel der Familie seiner Frau, den schweren Esstisch aus Eichenholz, den er mit nach Giverny gebracht hatte, den großen Marmorkamin, mit dem sie das Haus im Winter herrlich warm bekamen und dann stundenlang vorm lodernden Feuer saßen, Wein tranken und einfach nicht ins Bett wollten.

»Ich mache meine Runde«, sagte Lacroix kurz vor Mittag. Dominique nickte nur, dann war sie schon auf dem Weg in die Landküche, die sie vor Jahren renoviert und auf den neuesten Stand gebracht hatten.

Der Commissaire aber machte sich auf den Weg zu seinem ritualisierten Gang durchs Dorf. Er trat aus dem braunen Haus mit den weißen Holzbalken, das in der kleinen Straße Le Pressoir stand. Doch erst mal spazierte er nicht los, sondern setzte sich auf die Parkbank, die genau vor dem Haus unter einem alten Ahorn stand. Auch das tat er mehrmals täglich, wenn sie zusammen hier waren.

So dauerte es auch dieses Mal nicht lange, bis er die

alte Madame Botary den schmalen Weg heraufkommen sah. Sie wohnte zwei Häuser weiter.

»Oh, Commissaire«, sagte sie und nahm Platz. Sie brauchte nicht zu fragen, sie fragte nie.

Sie trug wie stets eine Kittelschürze und einfache Pantinen.

»Ich wollte nur noch mal hinaus, kurz vorm Mittagessen, ein wenig frische Luft schnuppern. Es gibt heute *andouillette* bei uns, Commissaire. Sicher bleibt etwas übrig, das kann ich Ihnen später bringen.«

Lacroix nickte und murmelte:

»Das wäre großartig.«

Madame Botary kam aus Cambrai, hoch im Norden, und war eine exzellente Köchin. Beim Gedanken an ihre scharf angebratene Wurst aus Kalbsdärmen lief ihm das Wasser im Mund zusammen.

»Ich dachte, Sie haben in Paris zu tun bis zur *rentrée*«, sagte die alte Frau. Sie konnte ihre Neugier nicht verhehlen.

»Ach, Madame Botary«, sagte Lacroix und schloss die Augen, weil er so besser spürte, wie der leichte Wind sein Gesicht kühlte, »es war so ruhig in der Stadt, da haben wir gedacht, dass wir über das lange Wochenende rausfahren. Außerdem …«, er stockte, entschied dann aber, dass keine Gefahr bestand, »haben wir eine Einladung zum Sommerfest der Familie de Touquet.«

Als Lacroix wegen der Stille die Augen wieder öffnete, erkannte er in ihrem Gesicht, dass er auch den Besuch des Präsidenten in Giverny hätte ankündigen können – es wäre aufs Gleiche hinausgelaufen.

»Sie gehen zu Madame de Touquet? Ins *petit château?*«

Das kleine Schloss – so wurde das Anwesen von den Dorfbewohnern genannt, natürlich nur hinter vorgehaltener Hand.

»Ja, morgen Abend ist die Feier.«

»Ich weiß, ich weiß«, murmelte sie schnell. »Es gibt kein anderes Thema mehr im Dorf. Aber unsereins wird ja nicht eingeladen.«

»Waren Sie mal im *petit château?*«, fragte er.

»Ich erinnere mich, als wäre es gestern gewesen«, sagte sie. »Dabei war es in den frühen Sechzigern. Ich war noch ein ganz junges Ding, Commissaire, Sie können es sich ja vorstellen.«

Lacroix nickte freundlich.

»Ich hatte die Post dabei, weil dem Briefträger unwohl war. Er hatte mich gebeten, für ihn einige Schreiben auszutragen. Ich habe geklopft, und Madame de Touquet hat geöffnet, sie war ja in meinem Alter, aber sie war natürlich aufs Internat gegangen, in Versailles, meine ich. Sie war ganz freundlich. Stellen Sie sich vor, Commissaire, sie hat mich hereingebeten, und wir haben Limonade getrunken, die uns der Diener gebracht hat. Was für ein Leben, habe ich gedacht, was für ein Leben. Ich hüte diese Erinnerung wie einen Schatz.«

»Es war sehr beeindruckend, nehme ich an.«

Die alte Nachbarin machte eine wegwerfende Handbewegung.

»Ach, Commissaire, es ist gar nicht das Haus, sondern sie! Klar, jeder hier im Dorf lästert über sie, weil er sie fürchtet. Weil sie nicht nur ihre Dienstboten zusammenstaucht, sondern jeden, der ihr in die Quere kommt und der nicht von ihrem Stande ist. Und doch ist sie eine beeindruckende Persönlichkeit. Frauen ihres Schlages werden heute nicht mehr gebaut, sage ich immer zu meinem Mann.«

»Wenn ich ehrlich bin, kenne ich Madame de Touquet viel zu wenig«, sagte Lacroix. »In all den Jahren habe ich vielleicht zwei oder drei Gespräche im Dorf mit ihr geführt. Kennen Sie ihre Familie, Madame?«

Die alte Frau nickte.

»Es wird viel geschwatzt, Monsieur le Commissaire. Ich weiß nicht, was davon stimmt, deshalb möchte ich lieber nicht ...«

Lacroix erwiderte nichts, sondern sah nur an ihr vorbei auf das kleine Dorf, während ringsum die Vögel ihr Sommerlied sangen. Er kannte Madame Botary zu gut, um anzunehmen, dass sie nicht weitersprechen würde, und so geschah es nach einer Weile auch:

»Na ja, in jedem Fall hat sie vier Jungen. Einen älteren, Auguste heißt er, wenn ich mich recht entsinne. Und dann sind da die Zwillinge, deren Namen ich immer vergesse. Die sind alle drei verheiratet. Der jüngste heißt Aurélien, er soll ein richtiger Draufgänger sein, was man so hört. Ein Künstler, ein Maler, in der Zeitung stand mal irgendwas davon, dass sie ihn festgenommen haben, mit Drogen, stellen Sie sich das vor, Commissaire!«

»Und er ist nicht verheiratet?«

»Ich weiß es nicht, aber es wäre ein Wandel vom Saulus zum Paulus, wenn man glaubt, was so geredet wird. Der Älteste«, sie beugte sich verschwörerisch zu ihm rüber, »soll dem Sparzwang der Banken zum Opfer fallen, hat mir der Bäcker erzählt. Er ist bei irgendeiner dieser Großbanken in Paris – aber könnte sein, dass er bald wieder im *petit château* einzieht. Ach, Commissaire, ich bin ja ganz neidisch, dass Sie morgen dabei sein werden. Aber gut, ich hätte ohnehin nichts anzuziehen.«

Er auch nicht, dachte Lacroix. Aber es würde ein aufregender Tag werden, daran hatte der Commissaire keinen Zweifel.

8

Der Himmel war hellblau, und nur ganz vereinzelt waren schneeweiße Wölkchen zu sehen, die sich wie an einer unsichtbaren Schnur aufreihten.

Die Normandie zeigte sich an diesem Morgen in ihrer schönsten Prägung, dem endlosen Himmel über den flachen Ebenen des *pays du Vexin.*

Als Lacroix aus dem Küchenfenster blickte, sah er, wie eine sanfte Brise das Korn auf dem Feld hinter dem Haus hin und her wiegte. Die Luft war viel angenehmer als in Paris.

Es würde ein herrlicher Tag werden – und doch spürte der Commissaire, dass ihn die Erwartung des Gartenfests nicht ungerührt ließ.

Zwei Stunden später, die Morgenzeitung *Paris-Normandie* lag ausgelesen auf dem Tisch, zog Lacroix die Tür hinter sich und Dominique zu. Sie abzuschließen war nicht nötig, denn Giverny war ein Ort, der in ein Museum verwandelt war, die Kriminalitätsrate lag bei der letzten Erhebung bei exakt null Prozent – weil die Geschwindigkeitsübertretungen auf der *départementale* nicht mitgerechnet wurden.

Er hatte nicht lange gebraucht, um sich für den Sonntagsstaat zu entscheiden – er hatte genau einen exquisiten Anzug für Unternehmungen auf dem Lande, eine alte Melange aus kariertem Tweed mit einem cremefarbenen Hemd, das im Kleiderschrank in Giverny auf genau einen solchen Tag gewartet hatte. Ansonsten trug er in der Normandie stets nur das, was auch für das Umgraben der Beete im Garten oder einen Spaziergang auf dem Feld geeignet war.

Dominique dagegen hatte sich aus Paris ein Kleid mitgebracht, das sie bei offiziellen Anlässen trug – es war dunkelblau und fließend und stand ihr hervorragend. Lacroix war sich sicher, dass ganz Giverny hinter den Gardinen der Häuser seine Frau bewunderte.

Sie gingen den kleinen Berg hinab und auf die Rue Claude Monet.

»Herrje, die Armen warten heute sicher zwei Stunden«, sagte Dominique und schaute mitleidig zu einer Gruppe älterer Japanerinnen, die unter ihren Sonnenschirmen an der Hitze litten.

Die Schlange, die zu ihrer Linken begann, zog sich einmal über die komplette Straße hin zu dem niedrigen weiß-grünen Gebäude, wo die Besucher der Fondation Claude Monet Einlass fanden. Dominique hatte recht – heute würden sie wohl noch am Nachmittag hier anstehen, um die famosen Seerosenteiche zu sehen.

Das Ehepaar Lacroix dagegen wandte sich nach rechts und ging die Straße entlang, vorbei am berühmten Museum der Impressionisten, dann hielten sie sich am Rathaus weiter links, gingen am alten Hôtel Baudy vorbei, in dessen rustikalem Gastraum anno 1910 alle namhaften Impressionisten gespeist hatten, die rotweiß karierten Tischdecken waren noch heute da. Kurz vor der Rue des Grands Jardins hörten sie schon leise

Musik, die ihnen ankündigte, dass sie ihr Ziel fast erreicht hatten.

Es *Haus* zu nennen war an sich schon eine absolute Untertreibung.

Zuerst einmal fiel der mondäne Vorgarten in den Blick: Der Rasen war so akkurat gestutzt, als wären die Hausbesitzer Engländer, die Vegetation hingegen mutete an, als befänden sie sich am Mittelmeer. Dahinter die Villa: Viel imposanter noch als das Haus des Malers war sie dreistöckig, im normannischen Stil gehalten, weißer Putz mit grün eingefassten ausladenden Fenstern, das rote Spitzdach wurde noch komplettiert durch zwei Türmchen links und rechts, die auch wieder spitze Dächer hatten – diese Architektur erinnerte Lacroix stark an Deauville.

Vor dem Zaun parkten schon Dutzende Autos. Die Kennzeichen waren zumeist aus Paris oder den reichen Vororten der Hauptstadt, nur zwei trugen die 27, die Nummer des Départements Eure, in dem Giverny lag. Es waren zumeist lange schwarze Limousinen oder diese Jeeps, die früher nur Jäger benutzten und heute jeder, selbst wenn er in der Stadt wohnte. Was für eine Mode, Lacroix ärgerte sie in Paris stets.

Als sie näher kamen, öffnete sich schon die Vordertür des Hauses, und heraus trat, zu Lacroix' Erstaunen, genau jene junge Frau, die ihn schon zweimal in Paris begrüßt hatte. Claire, so erinnerte er sich, folgte also der Hausherrin, wohin die auch ging.

»Monsieur, Madame Lacroix, herzlich willkommen, bitte hier entlang«, sagte sie mit dem lebhaften und frischen Charme, den er schon am ersten Tag an ihr gespürt hatte.

Sie folgten ihr ins Innere und standen für einen Moment sprachlos im Foyer.

»Da kann meine *mairie* aber einpacken«, flüsterte Dominique und blickte auf den gewaltigen Kronleuchter, der an der über und über mit Stuck und Malereien verzierten Decke hing.

Das war natürlich eine Untertreibung, denn ihr Rathaus, das Hôtel de Villars in der Rue de Grenelle, war mindestens ebenso repräsentativ zu nennen. Es war ein Prachtbau aus dem Jahr 1645, und sowohl Dominiques Büro als auch der anmutige Garten mussten sich wahrlich nicht verstecken.

»Bitte, kommen Sie«, sagte die junge Frau, »Madame erwartet Sie schon.«

Sie lotste sie durch einen Gang, der an den Wohnräumen vorbei nach draußen führte.

Sie öffnete eine Flügeltür. Dort war der hintere Garten, Lacroix' Blick fiel zuerst auf die vier Musiker, die sich am Eingang zum Garten aufgebaut hatten. Einer spielte Cello, ein weiterer Geige, der dritte Klarinette – und dem vierten Mann hatten sie zu Lacroix' Erstaunen sogar einen schwarzen Flügel in den Garten gestellt.

Kellner in Livrée liefen über den makellosen Rasen, auf ihren Tabletts standen Kelche mit Champagner.

»La famille Lacroix!«, rief da schon die Gastgeberin mit maßvoll aufgeregter Stimme und kam mit ihren Trippelschritten rasch näher.

Sie begrüßte zuerst die Bürgermeisterin, indem sie sie für alle Gäste hörbar rief:

»Madame la Maire, was für eine Freude, dass Sie die Zeit gefunden haben!«

Dann gab sie Dominique vier Wangenküsse, ganz langsam und nachdrücklich, damit auch der letzte Gast sah, wen sie da begrüßte.

»Monsieur Lacroix«, sagte sie und hielt ihm die Hand hin, woraufhin er einen Handkuss andeutete.

»Wie geht es Ihnen, Madame?«, fragte der Commissaire, nicht ohne Hintergedanken.

»Ganz gut, jetzt wo ich weiß, dass Sie hier sind. Kommen Sie, ich stelle Ihnen die Menschen vor, die ich Familie nenne.«

Sie begrüßte rechts und links Gäste, schüttelte hier eine Hand, winkte zart nach dort. Lacroix kannte niemanden, es waren tatsächlich keine Menschen aus dem Ort eingeladen.

In der Mitte des Gartens war eine lange Tafel aufgebaut, ein Tisch mit bestimmt vier Dutzend Stühlen, über die weiße Hussen gestülpt waren. Und wiederum mittig an dieser Tafel saßen vier junge Paare, vor ihnen standen unzählige Flaschen, teures italienisches Wasser, noch teurerer Weißwein aus dem Graves.

Sie unterhielten sich angeregt. Genauer gesagt unterhielten sich die jungen Männer, wobei einer dem anderen auf die Schulter hieb, und die Frauen taten es ebenso. Nur eine junge Schwarzhaarige hielt sich abseits und blickte interessiert in den Garten, als könnte sie sich nicht sattsehen an dem ganzen Schauspiel.

Kaum näherte sich Madame de Touquet, verstummten die Gespräche. Alle Augen richteten sich auf die Hausherrin.

»Kinder, das sind Madame und Monsieur Lacroix aus Paris. Madame Lacroix ist Bürgermeisterin des siebten Arrondissements, Monsieur ist der Chefermittler der Pariser Polizei.«

Sie verstummte, als wartete sie auf die Reaktionen der Zuhörer. Lacroix verbot sich, sie wegen seines offiziellen Ranges zu korrigieren.

»Wir sind sozusagen Nachbarn«, sagte Dominique freundlich. »Wir haben hier in Giverny ein Landhaus, ich bin im Dorf aufgewachsen.«

Madame de Touquet überging diesen Hinweis und fuhr fort:

»Das dort ist Auguste de Touquet, mein ältester Sohn. Ihm gegenüber seine Gattin Aurélie.«

Ein etwa fünfundvierzigjähriger Brillenträger mit einem Grinsen um die Mundwinkel nickte ihnen zu. Er trug einen feinen dunklen Anzug, seine blonde Frau ein auffälliges rotes Kleid, das sicher Tausende gekostet hatte.

»Daneben Artur de Touquet und sein Zwillingsbruder Adolphe, meine Zweitältesten, mit ihren Frauen Robinie und Charlotte.«

»Wir sind auch Zwillingsschwestern, ist das nicht witzig?«, rief eine der beiden. Es war wohl Charlotte, denn sie saß dem zuletzt genannten Adolphe gegenüber.

Es war unglaublich: Da saßen wirklich zwei Zwillingspärchen, die äußerlich nicht zu unterscheiden waren. Die Brüder waren ziemlich dick, hatten feiste Gesichter, eine blasse Haut und riesige Augen. Außerdem trugen sie beide Jagdanzüge. Und auch ihre Frauen glichen einander wie ein Ei dem anderen: Sie waren blond und noch recht jung, sicher fünfzehn Jahre jünger als ihre Gatten, und steckten in bonbonfarbenen Kleidern, die einen Hauch zu kurz waren.

»Wir kennen Sie«, sagte einer der beiden Zwillinge, »also nicht Sie persönlich. Aber Ihre Familie. Wir haben alle drei in der Kirche Sainte-Clotilde geheiratet. Ein Priester namens Lacroix hat uns getraut.«

»Pierre ist mein Bruder«, sagte Lacroix nickend und freute sich über diesen Zufall.

»Und hier haben wir meinen jüngsten Sohn Aurélien mit seiner Freundin.«

Auch der junge Mann war dunkelhaarig, aber er hatte deutlich feinere Züge als seine drei Brüder. Sein Gesicht war sogar ausnehmend hübsch zu nennen, er hatte fast römisch anmutende Wangenknochen, und seine Augen schauten ruhig und freundlich, als er aufstand, um das Ehepaar zu begrüßen.

»Madame und Monsieur … Lacroix? Es freut mich sehr, Sie kennenzulernen. Aurélien de Touquet, und das ist Alice Namarra.«

Er wies auf die schwarzhaarige Frau am Tisch, die etwas abseits saß, nun aber ebenfalls aufstand und um den Tisch herumging, um die Lacroix zu begrüßen.

Sie trug ein schlichtes schwarzes Kleid von zeitloser Eleganz und sah genau wie ihr Freund ziemlich hinreißend aus.

»Sehr erfreut«, sagte sie mit fester Stimme, doch schon an diesen zwei Worten erkannte Lacroix einen eigentümlichen Akzent.

»Wir sind auch sehr erfreut«, sagte der Commissaire, »und wir sind Ihrer Mutter sehr dankbar für die Einladung.«

»Kommen Sie«, sagte Madame de Touquet, »setzen wir uns. Jacques«, sie rief nach einem der Diener, »bitte, bring den Lacroix etwas zu trinken – Champagner?«

Als mit den Kelchen angestoßen worden war und Lacroix den herben Geschmack des Bollinger-Champagners genossen hatte, war es der älteste Sohn, der als Erster die Sprache wiederfand.

»Und Sie sind also wirklich häufig hier am Ende der Welt?«

Lacroix betrachtete erst ihn und dann das Gesicht von Madame de Touquet. Sie schnalzte zwar einmal mit der Zunge, doch ihr Mienenspiel zeigte, dass sie diesen Gesprächseinstieg durchaus unterhaltsam fand.

»Wir sind natürlich den größten Teil des Jahres in Paris«, sagte Dominique. »Weder der Beruf meines Mannes noch mein Amt lassen mehr Zeit in Giverny zu. Darüber sind wir aber durchaus traurig. Wir lieben es, hier zu sein. Es ist ruhig und sehr ländlich, und dennoch gibt es kein so winziges Dorf auf der Welt, das auf kleinem Raum so viel Hochkultur bietet.«

»Sie meinen mit Hochkultur diesen kitschigen Garten mit Tausenden von Pauschaltouristen, die sich über die Wege wälzen?«, fragte Adolphe, der zweite Zwilling.

»Ich meine die herrlichen Seerosenteiche und die

mystischen Gärten mit Blumen und Pflanzen, die sonst in Frankreich nicht mehr existieren, sondern nur hier, weil die Gärten selbst heute noch nach Monets Vorbild wie vor hundert Jahren bepflanzt werden. Und an die magische Kunst in den alten Wohnräumen, einzigartige Werke, die nicht umsonst jährlich über sechshunderttausend Menschen hierherlocken«, antwortete der Commissaire.

»*Touché*«, sagte der erste Zwilling, dessen Namen Lacroix gleich wieder vergessen hatte.

»Ich war vor einem Jahr zum ersten Mal abends an den Teichen, und ich hatte Tränen in den Augen«, sagte die schwarzhaarige junge Frau und sah den Commissaire offen an.

»Na ja, dort, wo unsere Alice herkommt, waren ja vor hundert Jahren auch noch die Aborigines an der Macht, oder?«, fragte Aurélie, die Gattin des ältesten Bruders, mit forschem Ton. Sofort senkte Alice Namarra den Blick, und einen Moment lang sagte niemand ein Wort.

»Und Sie?«, beendete Dominique die peinliche Stille. »Was machen Sie alle, und wo leben Sie? Ja offensichtlich nicht hier, am Ende der Welt.«

In ihrer Stimme lag nicht einmal ein Anflug von Hohn. Sie wusste mit derlei selbst ernannten Alpha-Menschen umzugehen.

»Meine Frau und ich leben in London«, begann Auguste, der Älteste. »Ich arbeite bei einer Schweizer Großbank, und Aurélie ist Managerin in einer Werbeagentur. Ist ja ein Katzensprung, herüber nach Paris mit dem Eurostar, in drei Stunden sind wir von Haustür zu

Haustür. Artur und Adolphe, unsere beiden Prinzen, wohnen im Tour Montparnasse. Artur ist Unternehmensberater, und Adolphe macht Politikberatung.«

»Meine erfolgreichen Jungs …«, unterbrach ihn Madame de Touquet. »Ich habe immer darauf geachtet, dass sie sich nicht nur auf das Vermögen der Familie verlassen. Ein gutes Auskommen ist sehr wichtig, gerade wenn bald Nachwuchs ins Haus steht.«

Die beiden Schwiegertöchter glucksten auf, sagten aber nichts. Stattdessen war es nun Aurélien selbst, der das Wort ergriff:

»Ich habe Alice bei einer Ausstellung in Melbourne kennengelernt. Ihre Familie entstammt tatsächlich den Aborigines, Sie wissen schon, den australischen Ureinwohnern.« Er sah die Gattin seines ältesten Bruders abschätzig an. »Ich bin Maler, und meine Bilder … nun ja, sie verkaufen sich. Alice ist zu mir nach Belleville gezogen und arbeitet dort in einer Bar.«

Belleville war ein populärer Stadtteil im Norden von Paris. Früher lebten dort vor allem Arbeiter und Zuwanderer aus Fernost, doch mittlerweile war der Bezirk unbezahlbar geworden, weil sich junge Kreative und sogenannte Hipster aus aller Welt um die Wohnungen stritten.

»Nun gut«, sagte Madame de Touquet, und es klang wie ein Schlussstrich, »dann wollen wir mal sehen, dass das Essen serviert wird.«

Sie stand auf und trippelte in Richtung Terrasse, um dort einige Anweisungen zu geben.

Eine Minute später ging einer der Diener durch den

Garten und läutete mit einer kleinen Glocke, sodass die Gäste an der langen Tafel Platz nahmen. Nur noch die Vögel sangen, aber niemand sprach mehr, als sich die alte Dame erhob.

»*Messieurs-dames,* verehrte Gäste«, begann Madame de Touquet ihre Rede mit fester Stimme. Sie stand mitten auf dem Rasen und schien trotz ihrer winzigen Statur den ganzen Garten einzunehmen. »Ich begrüße Sie sehr herzlich zum Sommerfest der Familie de Touquet in Giverny, das zugleich das Sommerfest der Monet-Stiftung ist. Eine Tradition, wie sie seit Jahrzehnten immer im August stattfindet – und mittlerweile im sechsten Jahr im Gedenken an meinen wunderbaren Mann Auguste. Es war ein herrlicher Sommer in diesem Jahr, und so langsam bereiten Sie sich alle auf die Rückkehr in die Stadt vor – doch ich möchte Sie bitten: Genießen Sie diesen Moment hier auf dem Landsitz unserer Familie, speisen Sie mit uns, trinken Sie mit uns, wer weiß, wie viele dieser Feste wir noch in Gesundheit und Freude feiern.«

Ihre Stimme war heiser geworden, und Lacroix hatte kurz gefürchtet, sie würde ihre Rede gar nicht beenden können. Doch dann verbeugte sie sich, und Applaus brandete auf. Alle klatschten, am allerlautesten ihre Söhne, ausnahmslos, während die Frauen eher halbherzig mitmachten – bis auf Alice, die versonnen neben Aurélien saß und in seinem Takt mitklatschte.

Sie sahen alle zu, wie die alte Dame den Rasen verließ und dem Haus zustrebte, ohne sich umzudrehen, während die Kellner begannen, von großen Tabletts Hors-d'œuvres zu servieren: *foie gras* mit Feigenchutney und getoastetem Brot der berühmten Boulangerie Poilâne.

»Was hatte sie denn?«, fragte Adolphe und blickte seinen Zwillingsbruder an.

»Keine Ahnung, wahrscheinlich denkt sie an Papa«, sagte der.

»An den denkt sie doch lange nicht mehr«, sagte Auguste leise und wie zu sich selbst.

»Jetzt hör aber auf«, fuhr Aurélien ihn über den Tisch hinweg an.

Nach einem Moment der Stille, die nur durch das Tellerklappern übertönt wurde, sagte Lacroix:

»Ich weiß nicht, vielleicht fühlt sie sich nicht ganz gesund, Ihre Maman.«

Es war, als hätte sich ein Schuss gelöst. Sofort wandten sich alle Blicke ihm zu, doch sie ruhten nicht auf ihm, sie fuhren ihn ab, durchdrangen ihn, er stand im Zentrum ihres Interesses.

»Was meinen Sie damit?«, fragte Auguste.

»Nun, im Alter kommen die kleinen Gebrechen«, sagte Lacroix. »Ich kann ein Lied davon singen. Mir ist, als hätte sie kürzlich bei einem Gespräch erwähnt, dass sie sich nicht ganz auf der Höhe fühle.«

Es war schwierig, sie alle gleichzeitig anzusehen, doch er setzte auch darauf, dass Dominique neben ihm mithalf.

Die vier Söhne versteiften sich. Hingegen hätte er schwören können, dass ein Anflug von Zufriedenheit über Aurélies Züge huschte. Die Zwillingsmädchen hingegen schmiegten sich an ihre Gatten. Aurélien war der Erste, der aufstand und sagte: »Ich sehe mal nach Maman.«

Dann ging er los in Richtung Haus.

»Hat sie Ihnen noch mehr gesagt, was sie uns verschweigt? Das ist ja unerhört, da weiß ein Polizist mehr über unsere Mutter als wir«, polterte Auguste, der zwar der Älteste, aber auch der Unbeherrschteste war, wie es schien.

»Verzeihen Sie, ich wollte nicht andeuten … aber nein, sie hat nur gesagt, dass sie sich etwas unwohl fühlt.«

»Meine Mum ist vor zwei Jahren gestorben«, sagte Alice, »und ich habe das immer noch nicht verwunden.«

»Sei doch still, du dumme Pute«, sagte die Jüngere der Bonbonzwillinge, es sollte ein Flüstern werden, doch das misslang gründlich. So senkten beide Frauen den Kopf und erröteten für alle sichtbar.

Lacroix lehnte sich zurück und trank noch einen Schluck Champagner.

»Nun, dann wünsche ich Ihnen allen *bon appétit*.«

Dann schnitt er eine Scheibe der Gänsestopfleber ab und verteilte sie auf dem krossen dunklen Brot.

9

Der Nachmittag verlief erfreulicher, als Lacroix erwartet hatte. Das leichte Menü, das an der langen Tafel serviert wurde, war vorzüglich. Nach der *foie gras* gab es Zackenbarsch mit einem cremigen Risotto und grünem Spargel und zum Nachtisch ein herrliches Paris-Brest-Törtchen.

Irgendwann nahm Dominique ihn am Arm und führte ihn auf die Tanzfläche, an deren Rand die Musiker Chansons und klassische Tänze spielten. Und wirklich: Lacroix wagte mit seiner Frau ein Tänzchen. Er konnte sich nicht erinnern, wann er das zum letzten Mal getan hatte.

»Es ist ein herrliches Fest, *mon cher*«, flüsterte sie ihm ins Ohr, als er sie mit einem leichten Knicks von der Tanzfläche führte. Sie gingen zurück zur langen Tafel. Auguste de Touquet saß dort ganz allein und sah ein bisschen missmutig drein.

Dominique verstand sofort.

»Ich hol uns etwas zu trinken, *d'accord?*«

»Einen Weißwein für mich. *Merci, ma chère.*«

Sie ging in Richtung Haus, wo auf dem Rasen eine große Sommerbar aufgebaut war. Dort standen nun die meisten Festgäste und genossen die Abendstimmung.

»Na, Commissaire, ist das ein gelungenes *amuse-*

ment? Beamte wie Sie haben ja sicher nicht so häufig etwas zu feiern.«

Lacroix ging auf die kleine Spitze nicht ein.

»Es ist eine außergewöhnliche Freude, hier zu Gast zu sein. Was für ein schönes Haus. Planen Sie, irgendwann nach Giverny zu ziehen?«

Der Mann mit den zurückgegelten Haaren lachte ironisch.

»Na, meine Frau Mutter wird sicher hundert – und wenn ich so weitermache«, er wies auf sein Glas mit einer braunen Flüssigkeit, »wird sie mich überleben.«

»Das wäre doch zu schade«, sagte Lacroix, »bei so einem Besitz.«

»Ja, es ist ein herrliches Haus. Aber sehen Sie, Commissaire, meine Familie besitzt dieses Haus nun seit sechs Generationen. Damals war Giverny ein Bauerndorf. Nur arme Landwirte, die Paris verachteten und in einer völlig anderen Welt lebten. Es waren Landwirte, und sie konnten Monet nicht leiden, weil er sie von oben herab behandelte, so sagt man zumindest. Mein Urgroßvater hat ihn auch nicht leiden können, diesen bourgeoisen Bohemien, der hier alles auf den Kopf gestellt hat. Meine Familie hat nicht damit gerechnet, dass so ein Heiopei von Maler den größten Hype auslöst, den die Normandie je gesehen hat. Nun ja, mittlerweile ist diese Villa das Hundertfache von dem wert, was meine Vorfahren einst an Baukosten bezahlt haben. Und sehen Sie uns doch alle an – wir sind urbane Gestalten, wir brauchen die Stadt. Nein, eines Tages – und ich sage Ihnen, der Tag ist noch lange hin – verkaufen wir diesen Kasten und teilen das Geld durch vier. Dann sind wir alle Multimillionäre.«

»Was man so hört, sind Sie das doch ohnehin, oder?«

Auguste wich seinem Blick aus.

»Vier Brüder«, sagte Lacroix nach einer Weile, »das ist ja etwas sehr Besonderes. Sind Sie gemeinsam aufgewachsen?«

Auguste de Touquet schüttelte den Kopf.

»Wir drei, die Zwillinge und ich, waren auf Internaten. Die beiden zusammen, ich allein, in der Schweiz. Wir waren jedes zweite Wochenende hier – oder in Paris. Nur Aurélien ist hier aufgewachsen, er war die ganze Zeit bei Maman und Papa, ihn wollten sie nicht ...«

Er brach ab, weil sein Blick von etwas abgelenkt wurde, was hinter Lacroix zu geschehen schien. Der Commissaire wandte sich um.

Die Schatten waren länger geworden, und er musste die Augen vor der tief stehenden Sonne abschirmen.

Dort hinten war Madame de Touquet gerade im Begriff, aus einer bequemen Sitzlandschaft aufzustehen, doch irgendwie gelang es ihr nicht. Lacroix sah, wie sie sich krümmte, dann sah er auch ihr verzerrtes Gesicht, sie biss die Zähne zusammen, doch die Schmerzen waren offenbar zu stark.

Was dann geschah, ging rasend schnell, und doch erinnerte sich Lacroix hinterher daran, als wäre es in Zeitlupe passiert:

Vom anderen Ende der Sitzgruppe hatte sich Alice, die Australierin, erhoben und war schnell hinübergerannt. Mit einem Gesichtsausdruck, der voller Besorgnis war, beugte sie sich hinab zu der kleinen Dame und hakte sich bei ihr unter, um sie hochzuziehen. Madame de Touquet aber riss sich los und zischte leise: »Lass mich ...«

Alice ließ sofort von ihr ab, und die alte Dame entfernte sich zügig und kerzengerade von der verdutzten jungen Frau, trippelte über den Rasen in Richtung Haus und war verschwunden.

Alle Gäste hatten diesen Moment mitbekommen und sahen nun mit einer Mischung aus Entsetzen und heimlichem Vergnügen zu Alice hinüber. Erst nach einer Minute wurden die Gespräche wieder aufgenommen.

»Hm, scheint ihr ja wirklich nicht gut zu gehen«, brummte Auguste, der dennoch keine Anstalten gemacht hatte, seinen weichen Stuhl zu verlassen.

Lacroix betrachtete immer noch Alice Namarra, die gedankenverloren auf dem Rasen herumstand. Offenbar kannte sie den Kodex der Familie de Touquet noch nicht, der wie stets bei den oberen Zehntausend lautete: Bloß keine Schwäche zeigen. Lacroix sah sich nach Aurélien um, doch von dem jungen Mann war nichts zu sehen.

»Ist Auréliens Freundin neu in Ihrer Mitte?«

»Ja, sie ist die neueste Entdeckung in unserem Irrenhaus, Commissaire. Aber sagen wir mal: Sie passt zu uns wie die Maus zu einem Rudel Schlangen.«

»Ist Ihr Humor immer so eigenartig?«

»Wenn Sie bei uns leben würden, wüssten Sie, wie wichtig Zynismus hier ist.«

Lacroix überging das. »Können Sie meine Frage bezüglich Mademoiselle Namarra beantworten?«

»Ach, ich verstehe ja den lieben Aurélien. Diese junge Frau, nun ja, sie hat verstanden, meinen Bruder mit ihren … Reizen einzufangen. Wissen Sie, Aurélien hat sich immer schwergetan mit festen Bindungen, weil er es vorzog, sich durch die Pariser Modelwelt zu schlafen – aber seit er die liebe Alice kennengelernt hat, ist er ganz verändert. Sie scheint wirklich herausgefunden zu haben, wie man ihn an die Kette legt …«

Lacroix atmete mehrmals tief durch.

»Wollen die beiden heiraten?«

»Ich spreche kein Wort mit Aurélien. Da müssen Sie meine Frau Mutter fragen, die ist auf dem Laufenden.«

»Das ist eine gute Idee, und da kommt auch schon meine Frau … Ich danke Ihnen für Ihre Offenheit, Monsieur de Touquet. Und nun sehr zum Wohle.«

Ohne ein weiteres Wort stand er auf und ging auf Dominique zu. Er nahm ihr sein Glas aus der Hand und trank einen tiefen Schluck.

»Geh nicht zu dem Mann dort«, sagte er und deutete unauffällig auf Auguste de Touquet. »Er ist so vulgär, dass du ihn nach drei Minuten im Garten verscharren würdest.«

»Aber du würdest mich doch nicht ins Gefängnis stecken, wenn ich es täte, oder?«

»Bei ihm würde ich dir sogar helfen, eine Grube auszuheben. Ich geh mal ins Haus und sehe nach Madame de Touquet.«

»Machst du dir Sorgen?«

»Sie sah nicht gut aus.«

10

Er fand das Hausmädchen im Salon. Die junge Frau zischte zwei Küchenhilfen mit verbissener Miene an, weil draußen offenbar die Gläser ausgegangen waren. Als Claire den Commissaire erblickte, wandte sie sich ihm aber sofort lächelnd zu.

»Kann ich Ihnen helfen?«

»Ja. Haben Sie Madame de Touquet gesehen?«

»Sie ist oben in ihren Gemächern. Sie hat mich angewiesen, keinen hinaufzulassen, mit Ausnahme von Ihnen, Monsieur Lacroix. Die Treppe hinauf und gleich rechts.«

Er tat, wie ihm geheißen, und stieg die ausladende Marmortreppe hinauf in die Beletage.

Im Gegensatz zum Garten und zum Erdgeschoss war es hier oben sehr kühl und sehr still.

Die Räume waren hell erleuchtet und dennoch völlig verlassen. Er klopfte an die einzige Tür, die geschlossen war.

»Kommen Sie«, hörte er von drinnen die Stimme von Madame de Touquet.

Er betrat das Zimmer, das kleiner war, als er es erwartet hatte. Es war ihr persönliches Schlafgemach.

Sie saß wie ein kleines Vögelchen auf der Sitzbank, die vor dem Himmelbett stand. In diesem Moment war von ihrer fordernden und bestimmten Haltung nichts mehr zu sehen. Madame de Touquets Arme hingen schlaff am Körper herab, und ihre zu engen Schlitzen verzogenen Augen sahen fast bittend zu Lacroix hinauf.

»Es wird schlimmer«, flüsterte sie. »Der Täter zieht nun andere Saiten auf«, sagte sie. »Vielleicht weiß er, dass ich es weiß. Ich spüre es. Ich werde nicht mehr lange durchhalten.«

»Sie meinen ...«, begann Lacroix, doch Madame de Touquet nickte schon.

»Ja, Monsieur, heute auf dem Fest hat jemand einen neuen Versuch unternommen. Ich spüre es genau, Sie haben mich ja gesehen.« Sie saß ganz gekrümmt da, als hätte sie noch immer starke Schmerzen, und ihr Atem ging zwischen den langsam gesprochenen Worten stoßweise.

»Haben Sie etwas bemerkt? Ich meine, etwas Konkretes?«

»Mein lieber Monsieur Lacroix, Sie sind zu klug, als dass Sie nichts bemerkt hätten.«

Er antwortete nicht darauf, doch auch sie sprach nicht weiter.

»Was haben Sie heute zu sich genommen?«

»Ich habe Champagner getrunken und das Menü genossen, natürlich nur *entrée* und *plat*, kein Dessert.«

»Rotwein?«

»Nie Rotwein am Tage. Nur Champagner. Und zum Abschluss ein Whisky.«

»Mit Verlaub, Madame de Touquet: Warum haben Sie auf dem Rasen so reagiert, als Mademoiselle Namarra Ihnen helfen wollte?«

Sie wandte sich ab und blickte stumm aus dem Fenster. Von hier oben waren nur die bunten Lichter zu sehen, die wohl speziell für die Party in den Bäumen verteilt worden waren.

Lacroix trat einen Schritt näher ans Bett heran.

»Madame de Touquet, Sie haben mich eingeladen. Sie wollen, dass ich mich der Sache annehme. Und das mache ich jetzt. Aber dafür muss ich wissen, was Sie wissen.«

Sie atmete schwer, als überlegte sie.

»Morgen Abend sind es nur wir neun. Die Kinder und ich. Kommen Sie zum *dîner* um acht. Danach werde ich es Ihnen sagen. Wenn ich dann noch lebe.«

»Sie müssen sich in jedem Fall untersuchen lassen. Wenn Ihnen heute wirklich mehr Gift verabreicht wurde als bei den ersten Versuchen, sind Sie in ernsthafter Gefahr. Wenn Sie mögen, rufe ich den lokalen Arzt, oder wir fahren direkt ins Krankenhaus nach Les Andelys.«

»Auf keinen Fall«, fuhr sie mit lauter Stimme auf. »Niemand darf erfahren, dass ich es weiß. Wenn jetzt eine Ambulanz vorfährt, weiß es der Täter. Dann macht er kurzen Prozess.«

Lacroix überlegte. Sie konnte recht haben.

»Ich rufe Docteur Obert an. Er kann morgen früh herkommen. Er wird Sie untersuchen. Vielleicht hat er auch schon ein Ergebnis der Proben, die er in Ihrer Wohnung genommen hat.«

Sie nickte.

»In aller Vertraulichkeit, Monsieur Lacroix.«

»Natürlich, Madame de Touquet.«

»Finden Sie das eigentlich auch so merkwürdig, dass eine alte Schachtel wie ich um die Ecke gebracht werden soll wie in alten Agatha-Christie-Krimis?«

Ihr Ton klang nun fast vergnügt, als wären sie zwei Teilnehmer einer Verschwörung.

»Bei allem Respekt, Madame, aber ich bin froh, dass es so abläuft. Denn so haben wir noch eine Chance.«

Sie nickte. »Sie haben recht. Anders als bei einer Kugel aus einem Jagdgewehr bleibt dem besten Ermittler von Paris hier ja noch Zeit, mich zu retten.«

11

Commissaire Lacroix, wie schön, Sie zu sehen!«

Der Wärter vor dem Museumseingang winkte ihn eifrig heran, immer vorbei an der langen Schlange, die sich schon weit vor halb zehn Uhr am Morgen gebildet hatte. Er hieß ein japanisches Pärchen zu warten, öffnete das Seil und ließ Lacroix alleine eintreten. Dann folgte er ihm und schloss die grüne Tür des Hauses hinter sich.

»Ist der Wahnsinn heute«, schnaufte der Mann mit der Schirmmütze und der *Sécurité*-Armbinde und zwinkerte erst dem Commissaire und dann der Kassenfrau verschwörerisch zu. »Es scheint, als hätten sich alle Pariser Touristen abgesprochen, am selben Tag Giverny zu besuchen.«

»Ich verstehe die Touristen«, sagte Lacroix. »Es ist wirklich ein herrlicher Sommertag.«

»Sie waren lange nicht mehr hier, bilde ich mir ein«, sagte der Wärter. »Bestimmt sechs Wochen? Wir haben Sie schon vermisst.«

»Das ehrt mich sehr.«

»Hören Sie, da hat vor einer Stunde ein Docteur angerufen. Er war eine halbe Stunde vor Giverny auf der Autobahn. Er sagte, er erledige noch, worum Sie ihn gebeten hätten, und dann werde er Sie im Park treffen. Um elf.«

»*Merci beaucoup,* Monsieur Dalheur«, sagte Lacroix und schüttelte dem Mann verbindlich die Hand. Die Kassiererin winkte ihn durch, dann öffnete der Wärter wieder die Tür.

»Einer nach dem anderen!«, rief er. »Die Tickets bitte.«

Lacroix aber ging die Treppe hinunter und trat in das morgendliche Sonnenlicht, das schon gleißend auf die Pflastersteine fiel. Es würde ein weiterer heißer Tag werden.

Er musste lächeln, als er an die Szene eben dachte. Es war ein Privileg der Bewohner von Giverny, dass sie stets an der Schlange vorbei ins Museum und in die Gärten von Claude Monet gehen durften – zumeist mussten sie auch keinen Eintritt bezahlen. Lacroix verbrachte hier stets die warmen Tage, oft auf einer lauschigen Bank im Seerosengarten, drüben auf der anderen Straßenseite.

Lacroix hatte aber noch ein anderes Stammkundenprivileg. Weil der Commissaire kein Handy besaß, hatte er sich an den Orten, an denen er lebte, ein Netzwerk geschaffen, durch das er immer erreichbar war. In Paris waren das sein Büro im Kommissariat, die Wohnung in der Rue Cler im siebten Arrondissement und der Chai de l'Abbaye, sein Stammbistro im sechsten, sowie in sehr dringenden Fällen das Pfarrbüro der Basilique Sainte-Clotilde, in der sein Bruder als Priester Dienst tat. Hier in Giverny waren es der Festnetzanschluss im alten Landhaus und das Kassenhäuschen des Museums. Dort riefen Kollegen und Freunde an, wenn sie den

Commissaire erreichen wollten – und dann wurden ihm die Nachrichten ausgerichtet. Ein ebenso verlässliches wie effizientes System. Ohne dass es ständig in Lacroix' Manteltasche klingelte.

Er setzte sich auf eine hölzerne Bank, nahm die Pfeife aus der Tasche, stopfte sie mit frischem Tabak und entzündete sie. Genüsslich nahm er den ersten Zug und betrachtete das Bild, das sich ihm bot:

Das zweigeschossige Haus in Rosa und Beige mit den grünen Fensterläden, die alle weit geöffnet waren. Die grüne Treppe hinauf zur Eingangstür. Die hellrosa Rosen, die sich in Ranken an einer weitläufigen Pergola emporzogen, der Sonne entgegen. Genau gegenüber die Beete des weitläufigen Gartens, der von hier kaum zu überblicken war in seiner Vielfalt, seiner Blüte, seiner Genialität.

Es war der Garten, in den der Maler sich vom Zugfenster aus verliebt hatte. Noch heute achteten die Gärtner darauf, nur die Blumen und Pflanzen zu säen, die es auch zu Monets Lebzeiten gab – damit gab es hier noch einige Arten, die anderswo auf der Welt nicht mehr existierten.

Nun, im Sommer war es die reine Pracht: In der Mitte gab es eine Allee, die von bepflanzten Bögen überragt wurde, unten auf dem Boden blühten die Sommerblumen in allen Farben des Regenbogens. Und genau vor dem Haus hatten die Gärtner breite Streifen voller orange blühender Lilien angepflanzt.

Lacroix spürte in jedem Moment, warum der Maler diesen Garten so sehr geliebt hatte. Er war Monets meistgemaltes Motiv. Ein unendlich friedlicher Ort, an dem sich der Commissaire schon von so manch kniffliger Ermittlung erholt hatte und an dem er wirklich zur Ruhe kam, trotz all der Touristen und Gäste aus aller Welt.

Er klopfte die Pfeife am Fuß der Bank aus und stand auf. Ins Haus wollte er nicht, dort drängten sich schon zu viele Menschen. Er bevorzugte es, am Abend durch die Räume zu streifen, wenn keine Touristen mehr da waren: durch Monets Schlafzimmer, durch das Arbeitszimmer, in dem einige wunderschöne Werke hingen, durch die für damalige Zeiten sehr moderne Küche. Das unterschied den Maler vom Commissaire, dachte Lacroix: Monet hatte die Moderne geliebt, hatte sich früh einen Herd bauen lassen, war ein großer Fan des Automobils, wollte immer nach vorne streben. Lacroix dagegen hätte gern die Zeit angehalten, und noch lieber hätte er sogar in Monets Zeiten gelebt. Er misstraute der Technik und dem Fortschritt so sehr, dass sogar Dominique ihn manches Mal damit aufzog.

Nun ging der Commissaire in Richtung der Unterführung, die unter der *route départementale* hindurch zum Seerosenteich führte. Doch bevor er hinuntersteigen konnte, hörte er schon von hinten rufen:

»Maigret, Maigret, nun warten Sie doch.«

Einige Touristen, die Französisch verstanden, drehten sich aufgeregt um, sodass Lacroix genervt den Kopf schütteln musste. Er wartete dennoch, bis Docteur Obert näher gekommen war.

»Muss das denn sein, *mon cher docteur?*«

»Ach, mein lieber Commissaire, nun haben Sie sich doch nicht so. Immer diese falsche Bescheidenheit. Na, die Landluft scheint Ihnen gutzutun. Sie rennen ja hier entlang wie ein junger Hüpfer.«

»Kommen Sie, gehen wir hinüber zu den Seerosen.«

Der Docteur seufzte genießerisch.

»Ich mag es, dass sich mit Ihnen stets das Nützliche mit dem Angenehmen verbinden lässt, Commissaire. Ich war ewig nicht mehr bei den Seerosen, *alors, on y va.*«

Sie unterquerten die Straße, und gleich nachdem sie drüben die Treppe wieder hinaufgestiegen waren, standen sie schon auf der kleinen hölzernen Brücke. Lacroix hielt wie jedes Mal den Atem an, denn das Ausmaß der Schönheit überwältigte ihn immer wieder von Neuem.

»Welch Pracht«, sagte Docteur Obert und betrachtete den weiten Teich, der sich vor ihnen ausbreitete. Es war, als ständen sie in einem Gemälde von Monet, wie stille Betrachter im Angesicht der Ewigkeit.

Der ganze Teich war von Bäumen umsäumt, am meisten fielen wohl die Trauerweiden ins Auge, die weiter hinten über das Wasser ragten. Auf der Oberfläche aber schwammen die Seerosen, die *nymphéas,* in voller Blüte. Wie kleine runde Teller wogten sie leicht auf und ab, von der sanften Bewegung des Wassers getragen. Es war ein so friedlicher Anblick, und Lacroix wünschte sich in diesem Augenblick, dass er mit Dominique hier wäre, statt gleich mit Docteur Obert über derart ernste Themen sprechen zu müssen. Aber es ging nun mal nicht anders.

»Kommen Sie, gehen wir ein Stück.« Sie spazierten am Ufer entlang in den hinteren Teil des Gartens, wo die Wege ruhiger wurden. »Sie sind schnell vorangekommen …«

»Ja, mein Lieber. Das ist das Gute an Arsen. Ich meine, wenn ich weiß, dass es Arsen ist. Der Test ist wahnsinnig leicht. Ich lasse Sie nur einmal pinkeln …«

»Docteur …«, mahnte Lacroix.

»Na, wenn es doch so ist«, antwortete Docteur Obert. »Und das Ergebnis war eindeutig: Sie hat eine ordentliche Menge Arsen abbekommen. Keine tödliche Menge, keineswegs, aber schon eine leichte Steigerung zu den niedrigen Dosen, die wir bisher nachgewiesen haben.«

»Und das hat gestern stattgefunden?«

»Dafür brauche ich dann doch die Ergebnisse des Bluttests. Ich habe das Blut, das ich ihr abgenommen habe, sofort per Kurier nach Paris schicken lassen.«

»Hat Sie jemand von der Familie gesehen, als Sie im Haus waren?«

»Nur das Hausmädchen. Hübsches Ding.«

»Sie sind unverbesserlich, Docteur. Und was können wir nun machen?«

»Ich habe auch Proben aus allen Whiskyflaschen nach Paris schicken lassen. Denn ich habe schon ein Ergebnis aus der Pariser Wohnung von Madame de Touquet: Es war Arsen im Whisky, nicht viel, aber genug, um eine chronische Vergiftung hervorzurufen.«

»Was Sie nicht sagen.«

»Ja, eine sehr perfide Methode. Das Gift ist in einer so

herben Flüssigkeit nicht zu schmecken. Offenbar trinkt sie jeden Abend davon. Sie wäre Glas für Glas ihrem elenden Ende ein Stück näher gekommen.«

»Wie ist das Gift in den Whisky gekommen?«

»Wir untersuchen gerade den Korken. Es hineinzuspritzen wäre einfach. Und der Korken arbeitet. Deshalb wird es schwer sein, Spuren der Nadel zu finden.«

»Jeder in der Familie weiß von Madame de Touquets alkoholischen Vorlieben.«

»Eine große Zahl Verdächtiger. Das muss doch für einen Ermittler die reinste Freude sein, oder, Commissaire?«

Lacroix antwortete nicht gleich auf die kleine Spitze.

»Ach, kommen Sie, Lacroix: Die Matriarchin zu töten, die eigene Mutter – das ist doch wie aus dem Lehrbuch.«

»Wie wäre sie gestorben, wenn sie es nicht gespürt hätte? Wenn wir das Arsen nicht gefunden hätten?«

»Langsam und qualvoll. Noch ein paar von diesen niedrigen Dosen, und ihr Ende wäre unabwendbar gewesen. Die Vergiftung hätte sich über die Haut auf den ganzen Körper ausgedehnt, die Organe hätten bleibende Schäden erlitten. Noch ein Monat, anderthalb höchstens, dann wäre sie gestorben.«

»Wie behandeln Sie Madame de Touquet?«

»Es gibt eine Säure, die das Schwermetall bindet und damit die Giftkonzentration senkt. Davon bekommt sie nun hohe Dosen. Aber es ist so, dass wir einmal verabreichtes Arsen nicht mehr so gut binden können.

Es wird bleibende Schäden geben. Nur kann ich heute noch nicht sagen, wie schwer die sein werden.«

Eine Touristengruppe aus Skandinavien kam ihnen entgegen. Lacroix erkannte die nordische Sprache, auch wenn er nicht wusste, ob es Schwedisch oder Norwegisch war. Das fröhliche Geplauder der jungen Menschen passte nicht zu dem schlimmen Gespräch, das sie beide führten. Und doch genoss er für einen Moment den Ausblick auf das Wasser und die Seerosen, die nun zu ihrer Linken lagen, als sie auf die hintere Brücke des Gartens traten.

»Heute Abend spreche ich mit der Familie.«

»Wollen Sie die Wahrheit sagen?«

»Ich habe mich noch nicht entschieden.«

»Madame de Touquet hat einen Verdacht«, sagte Docteur Obert. Lacroix nickte.

»Hat sie Ihnen etwa gesagt, wen sie verdächtigt?«

»Nein, sie hat nur gesagt: Monsieur Lacroix wird es herausfinden.«

»Bravo …«, brummelte Lacroix.

»Ist Ihnen an ihrem Umgang mit Ihnen etwas aufgefallen?«

»Was meinen Sie, Docteur?«

»Sie ist der erste Mensch in Jahrzehnten, der Sie nicht ›Commissaire‹ nennt, so wie jeder Sie in Paris ansprechen würde. Sie nennt Sie einfach ›Monsieur‹. Das ist ja fast Majestätsbeleidigung.«

12

Ich bleibe noch«, hatte Lacroix vor ungefähr einer Stunde gesagt.

»Die Lacroix'schen Gedanken denken?«, hatte ihn Docteur Obert gepiesackt, war dann aber in sein Auto gestiegen und zurück gen Paris gefahren.

Der Commissaire spazierte weiter durch die Gärten, roch hier an einer lieblichen und dort an einer herben Blüte und ging seinem liebsten Hobby nach: Er streifte durch die verschiedenen Beete und an den Teichen entlang und suchte die Perspektiven, die Monet genutzt hatte, um seine berühmten Bilder zu malen. Mehrere Dutzend Werke waren in den Gärten und rund ums Haus entstanden, und Lacroix kannte sie alle. So war ein solcher Streifzug nicht nur eine reine Freude, sondern diente auch der Schulung seines investigativen Spürsinns, und er eilte dann stets nach Hause und holte Dominique, um ihr die Perspektive zu zeigen, wenn er wieder ein Bild in der Realität entdeckt hatte.

Claude Monet verband sie beide – seitdem sie sich in den Gärten des Malers vor drei Dekaden kennen- und lieben gelernt hatten.

Nun war er also wieder auf der Suche, es war noch etwas Zeit bis zu den Verpflichtungen des Tages, doch auf einmal wurde er jäh aus seinen Recherchen gerissen.

»Sie sind doch der Commissaire«, sagte die fröhliche Stimme hinter ihm, die er gestern ganz anders gehört hatte.

Er wandte sich um und blickte in die tiefen dunklen Augen von Alice Namarra. Sie trug ein luftiges Shirt und eine sehr kurze Hose, um ihren Hals baumelte eine Spiegelreflexkamera.

»Entschuldigung, ich will Sie gar nicht stören.«

»Sie stören mich überhaupt nicht, Mademoiselle.«

Sie zögerte, als glaubte sie ihm nicht.

»Ich habe Sie schon eine Weile beobachtet, Sie sehen aus, als würden Sie nach etwas suchen.«

»Nur eine rein private Freude, Mademoiselle. Und Sie? Genießen Sie die Gärten auch so sehr wie ich?«

Lacroix dachte, dass sie, wie sie da so standen, auch für Vater und Tochter gehalten werden könnten. Sie war recht nahe an ihn herangetreten und sprach ganz vertraulich, so, als würden sie sich schon lange kennen.

»Ich finde das so toll hier«, sagte sie. »Sehen Sie, in meinem Land ist alles so weit und so neu, aber hier, in Frankreich, da atme ich in jeder Sekunde so viel Geschichte, es ist einfach unglaublich. Und dann habe ich auch noch dieses Privileg, einen Freund zu finden, der aus einer alten französischen Familie stammt, und komme dadurch in eine Gesellschaft, die sonst …« Sie stockte.

»Die sonst sehr verschlossen ist«, ergänzte Lacroix. »Ja, Sie haben recht. Sie hatten wirklich einen guten Start hier bei uns.«

Er wunderte sich ein wenig, dass er das gesagt hatte.

Aber sie lächelte ihn fröhlich an, und er fragte sich, ob sie selbst glaubte, dass sie bei den de Touquets gut aufgenommen worden war oder ob sie nur so tat. Ihr konnte doch die offene Ablehnung seitens der Geschwister von Aurélien nicht entgangen sein, genauso wenig wie der Eklat am Abend zuvor mit Madame de Touquet.

»Sie haben sich in Australien kennengelernt?«

»In Melbourne«, sagte sie nickend. »Aurélien hatte dort eine Ausstellung, die ich mit einer Freundin besuchte. Er ist wirklich ein begnadeter Künstler. Haben Sie seine Bilder schon einmal gesehen? Sie sind sehr modern, wirklich toll.«

»Leider nein, Mademoiselle.«

»Es war Liebe auf den ersten Blick, wirklich, ich hätte nicht gedacht, dass ich so etwas mal sage, es klingt einfach zu kitschig. Aber so war es.«

»Nein, das klingt sehr schön.«

»Ja, oder? Finden Sie nicht auch? Die Ausstellung ging einen Monat, den haben wir zusammen verbracht. Und dann hat er mich gefragt, ob ich auf seine Tournee mitkommen will. Wir waren zusammen in Shanghai und in Moskau, und dann bin ich mit ihm nach Paris gegangen. Seit einem Jahr sind wir jetzt fest zusammen. Ich habe es nicht einen Tag bereut, mitgekommen zu sein.«

Lacroix war nicht erstaunt über ihre Offenheit: Er stellte nur einmal mehr fest, wie sich Menschen aus dem englischsprachigen Raum in ihrer lockeren Plauderei von den althergebrachten Riten in seiner Heimat unterschieden, wo man ein Jahr lang nur über Delikatessen und Wein redete, bis man etwas Privates preisgab.

»Es ist eine sehr besondere Familie. Und Sie werden vielleicht einmal ein Teil von ihr sein, nicht wahr?«

»Ich freue mich sehr auf den Tag. Ich weiß nicht, ob Madame Lacroix es Ihnen schon gesagt hat, aber Aurélien hat mich gefragt, ob wir heiraten.«

»Wirklich …«

»Ja, vor drei Monaten schon. Natürlich habe ich Ja gesagt.«

»Herzlichen Glückwunsch, Mademoiselle.«

»Vielen Dank. Ist das nicht toll? Ich als Mädchen aus der Einöde, eine australische Kellnerin, ich werde nun bald Teil der Familie de Touquet sein – ich komme mir vor wie eine Bürgerliche, die in das britische Königshaus einheiraten darf.«

Lacroix nickte freundlich.

»Ich finde sie alle sehr nett. Auguste wirkt ein wenig wie ein – wie sagen Sie das noch? – grober Klotz, aber ich glaube, er hat ein sehr gutes Herz. Wenn wir persönlich miteinander sprechen, ist er immer sehr freundlich und interessiert an meiner Arbeit.«

»Ihrer Arbeit?«

Sie zeigte auf die Kamera, die vor ihrer Brust baumelte.

»Ich versuche mich als Fotografin. Aurélien hat gute Kontakte zur Kunsthochschule in Paris. Vielleicht kann ich ab dem kommenden Jahr dort studieren. Es wäre der Wahnsinn. Auguste hat meine Arbeiten angesehen und gesagt, dass er sie sehr gut findet.«

»Und die Zwillinge?«

»Ach, die beiden sind wie Kläffer: Sie bellen, aber sie beißen nicht. Sie wirken ein wenig oberflächlich, dabei sind sie sehr freundlich und zurückhaltend. Genau wie ihre Frauen. Ich glaube, die Söhne hatten es nicht so leicht mit ihrer Maman. Madame de Touquet ist eine sehr besondere Frau. Sie ist stolz und hart – und so war sie wohl auch in der Erziehung. Aurélien hat mir Geschichten erzählt …«

»Wollen wir ein wenig in den Schatten gehen?«, fragte Lacroix, dem langsam wirklich warm war. Er führte die junge Frau zu der Bank, die unter einer der Pagoden stand. Sie griff zu ihrem Rucksack, um das Objektiv zu wechseln, dann verpackte sie das alte Objektiv in der Tasche und wühlte noch einen Moment im Rucksack herum. Ihre Miene war besorgt.

»Alles in Ordnung?«

»Ja, es ist nur … ach, nichts.« Sie war immer noch abgelenkt.

»Bitte, Sie wollten eben über die Kindheit Ihres Verlobten reden.«

»Aurélien ist als Einziger bei ihr aufgewachsen. Er hat seine Mutter immer als sehr nett und zugewandt empfunden. Er war aber auch der jüngste Sohn, offensichtlich war sie da schon milde geworden. Bei den älteren soll sie ganz anders gewesen sein.«

»Was denken Sie denn über Madame de Touquet, Mademoiselle?«

Sie schaute in die Ferne und überlegte einen Moment, dann lächelte sie.

»Ich …« Sie zögerte. »Ich finde sie bemerkenswert. Sie ist aus einer anderen Zeit – und dennoch ist sie so stark, wie man es den Frauen von heute nachsagt. Sie ist … ja, eine echte Matriarchin – wie sie ihre Familie zusammenhält und im Hintergrund die Fäden zieht …«

»Befürwortet sie Ihre Eheschließung?«

Wieder überlegte die Australierin, aber diesmal kürzer.

»Aurélien hat sie um Erlaubnis gefragt, und sie hat sie erteilt. Ich denke …«

»Ja, Mademoiselle?«

»Sie haben es ja gesehen: Ich bin anders als die anderen Frauen. Aber …«

Lacroix wartete und ließ sie nach den richtigen Worten suchen.

»… sie schätzt mich. Zumindest hoffe ich das.«

Der Commissaire stand von der Bank auf und streckte sich.

»Sie sind eine außergewöhnliche junge Frau, Mademoiselle. Ich danke Ihnen für Ihre Offenheit. Genießen Sie die Gärten. Wir sehen uns heute Abend zum *dîner.*«

»Ach, Sie kommen auch?«, fragte sie überrascht. Sie war blass geworden. Lacroix betrachtete sie und nickte.

»Ja, Madame hat uns eingeladen.«

Gedankenverloren sah sie zum Monet-Haus.

»Na, dann bis heute Abend, Commissaire.«

»Bonne journée«, entgegnete Lacroix.

Langsam ging er durch den Ausläufer des Gartens, stieg die Treppe hoch, verabschiedete sich vom Wärter und wandte sich zum Ausgang nach links, um seinen Weg durchs Dorf anzutreten.

Das blasse Gesicht von Alice Namarra ließ ihn den ganzen Weg über nicht los.

13

Ich brauche nur noch einen Augenblick. Dann gehen wir los. Ja, Liebster?«

»In aller Ruhe«, antwortete Lacroix seiner Frau, die eben die große Gartenschere ansetzte, um den Rosenbüschen zu Leibe zu rücken. Er wusste, wie viel ihr all das bedeutete. Und ihn machte es glücklich, sie ganz in Ruhe bei diesen Tätigkeiten zu betrachten. Dominique trug eine leichte Sommerbluse und die grüne Hose, die stets für die Gartenarbeit in Giverny bereitlag. Die Arbeit in ihrem wilden Garten war ihr Ruhepol, ihr Elixier. Schon nach Minuten hatte sie die vielen Termine und endlosen Gespräche im Rathaus des Siebten vergessen, das gerade einmal zwei Stunden von hier entfernt lag.

Lacroix setzte sich auf die Bank neben dem Haus und entzündete seine Pfeife. Auf dem Rückweg hatte er vor lauter Grübeln ganz vergessen, sie zu rauchen. Er musste auch jetzt noch reichlich gedankenverloren ausgesehen haben, denn nach einer Weile sagte Dominique:

»Hey, mon Commissaire, woran denkst du?«

»Ich habe eben Alice Namarra getroffen.«

»Und?«

»Sie ist … ja, was eigentlich? Sie ist bemerkenswert freundlich.«

Seine Frau lächelte.

»Und weil du Pariser bist und auch noch Commissaire kommt dir das merkwürdig vor.«

Er musste lachen. Der alte Reim *J'aime rien, je suis Parisien* fiel nie von einem ab. *Ich liebe nichts, ich bin Pariser* war aber auch zu treffend, wenn man die grummeligen Ureinwohner der Hauptstadt kannte.

»Nein, das ist es nicht. Ich hatte nur das Gefühl, dass sie vorgibt, ganz entspannt und freundlich zu sein. Dabei ist da etwas, was sie innerlich gänzlich angespannt sein lässt.«

Sie ließ die Schere sinken und kam zu ihm.

»Was ist denn passiert?«

»Am Schluss war sie blass, stand ein wenig neben sich. Nur weil ich gesagt habe, dass wir heute Abend auch am *dîner* teilnehmen.«

»Vielleicht hat sie Angst, dass sie nichts vom Essen abbekommt. 'Tschuldige, das war ein flacher Scherz.«

»Du hast die Szene gestern Abend ja nicht gesehen, weil du aus dem Bad kamst. Aber Madame de Touquet hat die junge Frau richtig angefahren. Und dabei gezittert. Ganz so, als ob …«

»Als ob es Alice wäre, die ihr nach dem Leben trachtet?«

Lacroix zuckte mit den Schultern.

»Ich kriege das alles nicht zusammen. Aber gut, wir werden sehen.« Nach einer Weile, als Dominique schon wieder bei den Rosen war, fügte er leise hinzu: »Ich denke, das wird ein besonderer Abend.«

14

Am Vorabend hatte der Raum völlig im Dunkeln gelegen. Lacroix erinnerte sich nicht einmal, ob die Tür geöffnet oder geschlossen gewesen war. Heute aber bildete das Esszimmer das Zentrum des Hauses: Der große Tisch war ein regelrechtes Kerzenmeer, in dem sorgfältig elf Gedecke drapiert waren: für die Familie und das Ehepaar Lacroix. Der Commissaire glaubte zuerst, die Musik käme vom Band, aber sie war zu virtuos – und wirklich: An dem glänzend schwarzen Flügel saß heute wieder ein Klavierspieler im Smoking und spielte für die Gesellschaft. Gerade präsentierte er ein ruhiges Stück von Ravel.

»Kommen Sie bitte«, sagte Claire, das Hausmädchen, und führte sie nach nebenan in die Bibliothek. Die Tür stand offen, und dort waren sie schon versammelt: Die jungen de Touquets sahen heute etwas legerer aus als am Vortag, die Herren trugen ländliche Jagdkleidung, bis auf Aurélien, der zu einer Jeans und einem Hemd gegriffen hatte. Dazu trug er diese Turnschuhe, die Lacroix nicht gefielen, von denen Dominique ihm allerdings mal erzählt hatte, dass sie vegan und zudem wahnsinnig teuer seien.

Auch die Damen hatten nur schlichte Kleider an, soweit man bei den Zwillingen und ihren schwarzen Minikleidern von Schlichtheit reden konnte.

Alice Namarra trug eine Jeans und eine cremefarbene Seidenbluse. Sie nickte Lacroix schüchtern zu. Immerhin hatte sie ihr Lächeln wiedergefunden.

Doch die Aufmerksamkeit ruhte nur kurz auf den Lacroix – denn eben ging die Flügeltür auf, und Madame de Touquet trat ein, in einem langen wallenden Kleid, das mit Blumen bedruckt war. Sie sah frischer aus als am Vorabend, überhaupt machte sie einen gänzlich aufgeräumten Eindruck und strahlte die Gesellschaft an.

»Ach, meine Lieben, ein wunderbares Essen haben wir vor uns, so schön, euch alle zu sehen.«

Sie wartete nicht auf das Hausmädchen, sondern schenkte sich am Barwagen aus einer offenen Flasche Whisky in ein weites Glas ein. Dann ließ sie ihre Kinder zu sich kommen und gab jedem der Söhne vier Küsse auf die Wangen. Artig blieben die Frauen hinter den Männern stehen und warteten, bis sie an der Reihe waren. Sie bekamen immerhin noch zwei Küsse. Lacroix passte auf, was wohl bei der jungen Frau passierte, die als Letzte in der Reihe stand. Doch der Eklat blieb aus: Auch Alice bekam ein Küsschen links und eines rechts. Nun standen sie alle da, das Hausmädchen trug Champagner herbei und verteilte die Gläser.

»Ich begrüße Sie sehr herzlich«, sagte Madame de Touquet und ging auf Dominique und den Commissaire zu. »Es tut mir leid, dass ich gestern so schnell verschwunden bin, aber diese lauten Feiern fallen mir auf die Nerven. Es ist eine Familientradition, mein Vater hat sie begründet, und mein verstorbener Gatte hat sie fortgeführt. Deshalb kann ich diese Feste nicht absagen. Aber ehrlich gesagt halte ich diese Leute nicht mehr aus, die nur von sich selbst reden und mir den Rasen zertrampeln.«

Lacroix konnte nicht umhin festzustellen, dass sie es immer wieder vermochte, ihn in ihren Bann zu ziehen. Dabei war auch Madame de Touquet eine Dame, deren liebstes Thema sie selbst war.

»Also, heute geht es mir viel besser«, fuhr sie fort, »wir haben ein herrliches *dîner* vor uns, meine Lieben, aber vorher, es tut mir leid, muss ich mich mit Ihnen, mein lieber Monsieur Lacroix, noch einmal kurz zurückziehen. Bleibt hier, trinkt, meine Lieben, Monsieur, bitte …«

Sie ließ die Söhne und Dominique zurück und hakte sich auf dem Weg ins Esszimmer bei ihm unter. Kaum hatte das Hausmädchen die Tür hinter ihnen geschlossen, veränderte sich ihr Gesichtsausdruck. Das Strahlen schwand augenblicklich, stattdessen blickte sie ihn sehr ernst an und begann drängend:

»Es wird heute passieren, ich spüre es. Und ich bin in großer Sorge, dass ich es nicht aufzuhalten weiß. Verstehen Sie? Sie sind hier, um es zu verhindern. Sie müssen mich retten.«

Lacroix sah erst sie an, dann betrachtete er das Glas mit dem Eis und der braunen Flüssigkeit, das sie in der Hand hielt.

»Dann wäre es wohl keine gute Idee, das zu trinken.«

Sie schüttelte den Kopf und sagte mit rauer Stimme: »*Mais non,* Monsieur Lacroix, Sie meinen wohl, ich bin von vorgestern. Claire hatte die Flasche die ganze Zeit im Blick. Ich habe es ihr befohlen. Niemand hat etwas hineintun können. Und ich sage Ihnen: Wenn ich heute mit einem Knall abtrete, will ich wenigstens etwas Ordentliches getrunken haben.«

Ehe er sie zurückhalten konnte, hatte sie das Glas schon bis zur Neige geleert.

»Madame de Touquet«, beharrte er, »damit kann es schon zu spät sein: Ihre Anweisung in allen Ehren, aber Claire hat uns zur Tür hereingelassen, und da hatte sie die Flasche schon mal nicht im Blick.«

Die Hausherrin schüttelte den Kopf.

»Ach, das Personal, herrje, Sie haben recht.« Sie betrachtete das leere Glas. »Dann hoffen wir mal das Beste.«

Lacroix ging einen Schritt auf sie zu und senkte die Stimme.

»Sie müssen mir sagen, wen Sie in Verdacht haben. Andernfalls kann ich Sie nicht beschützen.«

Sie hielt seinem Blick stand und wich nicht einen Hauch zurück.

»Sie wissen es längst. Sie wissen womöglich nur noch nicht, warum.«

Dann drehte sie sich um und ließ Lacroix zurück, verdutzt und ärgerlich zugleich.

15

Die alte Dame hatte es vorausgesagt, und als sie eine Viertelstunde später alle zusammen an der langen Tafel Platz genommen hatten, musste Lacroix ihr recht geben: Die dunklen Wolken des Vortags – die Lästereien und Sticheleien, der Zusammenbruch der Madame – waren verzogen. Heute wirkten alle Mitglieder der Familie de Touquet ausgelassen und beinahe fröhlich.

Das Porzellan war von Bernardaud, das leicht angelaufene Silber des Bestecks ließ es nur noch edler aussehen, und die Servietten waren dick und gestärkt – ein gedeckter Tisch aus einer längst vergangenen Zeit, wie Lacroix mit großem Genuss bemerkte.

Außer dem Koch, der in der Küche werkelte, hatte das Hausmädchen heute keine Hilfe von anderen Bediensteten, weshalb es eine Weile dauerte, bis allen am Tisch Champagner eingeschenkt worden war. Lacroix beobachtete diesen Vorgang genau: wie zuerst Auguste die Flasche öffnete und dann das Hausmädchen die Gläser befüllte.

Der Commissaire saß neben seiner Frau und konnte durch die breite Fensterfront in den beleuchteten Garten schauen – das Privileg der Gäste. Direkt gegenüber saß Madame de Touquet, rechts neben ihr Auguste und seine Frau, links Aurélien und Alice Namarra. Die Zwillinge saßen jeweils außen an den Seiten.

»Alors, *mes fils et mes belles-filles*«, begann Madame de Touquet, nachdem sie sich erhoben und mit dem Silberlöffel ans Glas geklopft hatte, »und natürlich auch an Sie, liebes Ehepaar Lacroix, ein herzliches Willkommen. Ich habe einen wunderbaren Koch gewinnen können, einen Sternekoch aus Rouen, der uns heute mit einem normannischen Menü verwöhnen wird. Ich habe es ja gestern schon gesagt, aber ich sage es hier in diesem persönlicheren Rahmen noch mal: Es ist gut, die Feste zu feiern, solange es möglich ist. Ich bin eine alte Frau, meine Lieben, da kommt es vielleicht auf jedes *dîner* an. Also, auf einen schönen Abend!«

Sie erhob ihr Glas, und die anderen taten es ihr nach. Bis auf einen.

»Maman, was sollen denn diese Andeutungen?«, fragte Aurélien und sah seine Mutter von unten herauf an. Seine Stimme wurde von den Wänden zurückgeworfen. Als sie nicht antwortete, sondern in ihr Glas blickte, beharrte er:

»Du hast gestern schon so etwas Ähnliches gesagt, ich krieg das jetzt nicht mehr zusammen. Und dann hat Alice erzählt, dass es dir gar nicht gut ging. Ich hab aber keine Lust, dass du immer Andeutungen machst, wenn das alles einen tieferen Sinn hat. Ich mach mir Sorgen. Also sag schon: Was ist mit dir?«

Die anderen Söhne blickten betroffen zu Boden, mit solch einer persönlichen Ansprache hatten sie nicht gerechnet. Lacroix aber beobachtete Madame de Touquet ganz genau. Sie rang nach Worten und atmete schwer. Es schien ihm sogar, als müsste sie sich am Stuhl festhalten, um nicht umzufallen. Sowohl Aurélien als auch Alice sahen die alte Dame besorgt an.

»Es stimmt«, sagte sie mit belegter Stimme. »Es stimmt, Aurélien, ich fühle mich nicht recht wohl.«

Sie zog den Stuhl zurück und nahm sehr schwerfällig darauf Platz. Sie schien mit einem Mal um Jahre gealtert.

»Was hast du, Maman?«

Lacroix fiel auf, dass zum ersten Mal einer der Söhne die Madame mit *Maman* ansprach.

»Ich weiß auch nicht, mein lieber Aurélien, ich fühle mich einfach schwach und ausgelaugt, und ich habe Schmerzen im Bauch. Vielleicht waren all die Vorbereitungen für die gestrige Feier zu viel für mich.«

Lacroix wusste nicht, ob sie eine Rolle spielte, um denjenigen, der sie vergiften wollte, in Sicherheit zu wiegen. Oder ob sie wirklich die leidende Mutter war, die sich ihren Söhnen offenbarte. In jedem Fall wirkte sie absolut glaubwürdig. Er war beeindruckt.

Der Moment wurde von Claire unterbrochen, die zwei Teller hereintrug. Lacroix' Nase ließ ihn schon etwas ahnen, und sie täuschte ihn nicht, wie er kurz darauf feststellte, als das Hausmädchen die Teller vor Dominique und ihn platzierte: Der Koch aus Rouen hatte *tripes à la mode de Caen* gezaubert, ein Gericht aus Kutteln, die zusammen mit Kalbsfüßen und Gemüse einen Tag lang im Ofen geschmort wurden. Er liebte diese Innereien, doch es war so aufwendig, sie zuzubereiten, dass es in Paris nur noch wenige alte Bistros gab, auf deren Speisekarte diese normannische Spezialität aus dem Calvados zu finden war. Auch auf

Dominiques Gesicht lag ein Strahlen, denn das Ehepaar teilte eine große Vorliebe für die traditionellen Gerichte des Nordens. Noch einen Moment des Ausharrens, dann hatten alle Touquets ihre Teller bekommen. Lacroix bemerkte das Grinsen, mit dem die Hausherrin ihre Schwiegertöchter beobachtete: Die Gesichter der Bonbonzwillinge und jenes von Augustes Frau waren erstarrt, als sie das Gericht begutachteten, der Ekel sprach Bände.

Madame de Touquet hatte sicherlich gewusst, dass die jungen Frauen keine Innereien mochten, erst recht nicht Pansen aus Kuhmägen. Doch wahrscheinlich hatte sie sich genau diese Reaktion erhofft.

Lacroix konnte nicht weiter darauf achten, denn nun hatte er sich schon auf das Gericht gestürzt. Und wirklich: Es war ganz hervorragend. Die Kalbsfüße hatten eine sämige Soße ergeben, voller fettiger Süße, und auch der Cidre und der Calvados, die reichlich verwendet worden waren, hatten ihre Apfelnoten hinterlassen.

Dominique, die Söhne, sie alle genossen den vollen Geschmack, und auch Madame de Touquet aß voller Genuss, die Magenschmerzen schienen vergessen.

Nur die jungen Frauen ließen ihre Teller unangerührt stehen, wie Lacroix mit einem Seitenblick bemerkte. Einzig Alice hatte wenigstens probiert und den Teller dann etwas verschämt mit einer Serviette abgedeckt. Aurélien flüsterte ihr etwas ins Ohr, was sie grinsen ließ. Lacroix fand, dass die beiden gut miteinander umgingen und sehr verliebt wirkten.

Gerade wollte sich Aurélien wieder seiner Mutter zuwenden, als diese sich schnell von ihm abwandte und zum Ende des Tisches blickte:

»Und, mein lieber Artur? Wie ist denn euer Plan mit dem Baby? Werde ich nächstes Jahr endlich Großmutter?«

Der junge Mann im Jagdjanker grinste sie süffisant an.

»Wir arbeiten daran.«

Und seine Frau, die ihm gegenübersaß, bestätigte nicht minder offen:

»Sehr oft sogar.«

»So ist es recht, meine Lieben. Dann ist aber Schluss mit dem Zechen. Keine bunten Mädchencocktails mehr für euch Damen. Dann trinken nur noch die Jungs, die Alten und … nun ja, jene, die erst mal nicht für Nachwuchs sorgen wollen. Oder, Mademoiselle? Kommen Sie, gehen Sie hinüber und holen Sie mir meine Flasche Laphroaig. Sie wissen schon – oder vielleicht auch nicht: Es ist der Whisky auf der Bar.«

Lacroix verstand erst nicht, dann aber begriff er, dass Madame de Touquet die arme Alice Namarra gemeint hatte. Aurélien versuchte, seine Freundin mit dem Arm zurückzuhalten, doch die machte sich los und ging ins Nebenzimmer, um die Flasche zu holen. Sie kam gleich darauf mit zwei Gläsern wieder und schenkte noch im Gehen der alten Dame und dann sich selbst reichlich ein. Dann trat sie neben Aurélien und reichte Madame de Touquet ihr Glas mit den Worten:

»Auf uns moderne Frauen.«

»Darauf trinke ich«, sagte Madame de Touquet

und sah augenzwinkernd in die Runde. »Ach halt, da kommt ja schon die gute Seele des Hauses. Nur herein, wir können auch kurz warten.« Beide Frauen stellten ihre Gläser ab.

Claire trat ein und trug eine große Platte in den Händen, die sie in der Mitte des Tisches abstellte. Lacroix erkannte eine andere normannische Spezialität: Auf der Silberplatte lagen elf gebratene Rochenflügel in einer buttrigen Kapernsauce. Die feine Maserung wies die hohe Qualität des Fanges aus.

»Also, auf die starken Frauen – oder wie haben Sie es ausgedrückt, Mademoiselle?«, fragte Madame de Touquet und reichte ihr das Glas.

»Die *modernen* Frauen«, korrigierte die Australierin.

Dann stießen sie an, und Lacroix sah ihnen zu, wie sie ihre Gläser in einem Zug leerten. Er fand die ganze Szene recht verstörend. Aber er musste zugeben, dass Alice Namarra sich behauptete.

Das Hausmädchen legte die Flügel auf die Teller, gab jeweils eine Kelle eines cremigen Risottos dazu und zog sich, nachdem sie allen *»Bon appétit«* gewünscht hatte, in die Küche zurück.

Die Stimmung hatte sich wieder verändert. Während des Hauptgangs verstummten die Gespräche. Es schien, als hinge jeder seinen Gedanken nach. Lacroix sah zu seiner Frau, die den Fisch zerteilte, dann beschäftigte auch er selbst sich mit seinem Teller. Das Filet war sehr zart, und die kräftige Sauce gab dem Gericht eine besondere Note. Auch der frische und mineralische Wein, ein Muscadet, passte hervorragend dazu.

»Bleiben Sie nun bis zur *rentrée* hier draußen, Commissaire?«, fragte Auguste, als sie einige Minuten später ihr Mahl beendet hatten.

»Nein, wir reisen morgen wieder zurück nach Paris«, entgegnete Lacroix.

»In der *mairie* nutzen wir den späten August immer dazu, uns auf den Ansturm nach der *rentrée* vorzubereiten«, sagte Madame Lacroix. »Alle Bürger haben entweder ein paar neue Sorgen oder ganz tolle Ideen, die sie im Laufe des Sommers ersonnen haben. Dann erzählen sie, wie toll es doch war, das Leben in Sanary-sur-Mer oder in Sainte-Maxime oder in Capbreton – und dass wir doch auch einen Strand anlegen sollten oder einen Dorfpolizisten anschaffen – wirklich, damit kommen die Leute zu uns nach den langen Ferien, das glauben Sie gar nicht.«

Alle am Tisch lachten über diese Anekdote aus dem Leben der Bürgermeisterin. Dann fragte Artur:

»Und Sie, Commissaire, haben Sie aktuell einen spannenden Fall?«

»Nein, es ist sehr ruhig in Paris. Das erlaubt es mir, auch mal etwas auszuspannen. Außerdem habe ich sehr fähige Kollegen, die vor Ort Dienst tun.«

»Nichts? Kein aufsehenerregender Mord?«

Lacroix schüttelte den Kopf.

»Wissen Sie, Monsieur, aufsehenerregende Morde sind nichts, wonach ich trachte. Und so oft, wie die Leute denken, geschehen sie auch nicht. Es sind oft ganz banale Taten aus den einfachsten Motiven.«

»Also Eifersucht? Neid? Wollust?«

»Sie sagen es. Die menschlichen Sünden. So einfach sind die Dinge.«

»Na, aber wenn es mal einen aufsehenerregenden Fall gibt, dann lösen Sie ihn. Sie sind ja oft genug in der Zeitung«, sagte Adolphe. »Der neue Maigret von Paris, es steht ja überall. Das finden Sie doch bestimmt nicht schlecht.«

Lacroix senkte den Blick, doch als er spürte, dass die Runde ihn weiter ansah, meinte er nur:

»Es ist so eine Sache mit den Attributen. Niemand bestellt sie, und wenn sie dann da sind, gehen sie nicht wieder weg. Ich finde es sogar sehr hinderlich in meinem Beruf, weil derlei Zuschreibungen die Aufmerksamkeit auf mich lenken. Von Menschen, von denen ich sie gerade nicht will.«

»Was meinen Sie damit?«, fragte Madame de Touquet.

»Menschen, die sich bemüßigt fühlen, Unsinn anzustellen, um mich herauszufordern.«

»Das gibt es?«

»Ja, und es ist sehr ärgerlich. Im besten Falle. Wenn es nur Unsinn ist. Wenn die Taten weitergehen ...«

Er brach ab, weil er befand, schon zu viel gesagt zu haben. Offenbar bedeutete sein grimmiger Blick den Tischnachbarn, dass es nun besser wäre, nicht weiter nachzufragen.

Sie beendeten das *dîner* nach einer kurzen Wartezeit mit einer modernen Variation der *tarte tatin*, die Lacroix mit ihren Fruchttupfern und der Meringue obenauf einen Hauch zu modern war. Er bevorzugte den einfachen gestürzten Apfelkuchen.

Dann bat Madame de Touquet die Gäste wieder in die Bibliothek, wo sich alle rund um den Barwagen aufstellten. Die Gastgeberin übernahm es, den Calvados in die Gläser einzuschenken.

»Ich danke euch und Ihnen sehr für den Besuch. Auf dass wir uns gesund und froh wiedersehen. Ich würde mich sehr freuen, Madame und Monsieur Lacroix, Sie beide von nun an häufig zu meinen Gästen zu zählen. Im *petit château*, wie die Nachbarn doch sagen, oder irre ich?«

»Sie irren nicht, Madame. Gerade heute habe ich den Ausdruck wieder gehört«, gab Lacroix zu. Er freute sich, die alte Dame so guter Laune und offenbar auch bester Gesundheit zu sehen.

Als erstes Paar zogen sich Artur und Robinie unter Entschuldigungen zurück, die junge Frau sei müde, erklärte der ältere Zwillingsbruder.

Endlich gab auch Dominique nach – Lacroix hatte ihr nun schon mehrfach fest die Hand gedrückt –, und so verabschiedeten sie sich von den de Touquets, dankten dem immer noch lächelnden Hausmädchen, dem der Abend offenbar keine Mühe abverlangt hatte, und gingen zur Vordertür hinaus. Eben erloschen die Lichter im Garten, und so standen sie auf der völlig verlassenen und nur schwach beleuchteten Dorfstraße von Giverny. Über ihnen strahlte es, als hätte auch Gott heute Abend ein *dîner*.

»Schau nur«, sagte Dominique.

»Das fehlt mir so, wenn wir in Paris sind. Dieser Himmel.«

»Obwohl ein nächtlicher Spaziergang auf der Rue Cler auch seine Reize hat, oder, Liebster?«

Er nickte, dann gingen sie los, langsam und gemächlich durch die warme Luft und den Duft des endlosen Sommers, unter dem normannischen Sternenhimmel.

16

Die Nacht endete unsanft.

Lacroix erwachte vom heftigen Pochen des Türklopfers, der seit Urzeiten Besucher ankündigte. Er sah auf die alte Uhr an der Wand. Weil der Mond hell ins Zimmer leuchtete, konnte er sehen, dass es kurz vor drei Uhr war. Er stand auf und kleidete sich rasch an, während Dominique sich im Bett aufsetzte.

»Was ist?«, fragte sie verschlafen.

»Bitte, bleib liegen. Ich gehe runter.«

Er machte Licht und stieg die Treppe hinunter, dann öffnete er die Tür.

Als sich seine Augen an die Dunkelheit gewöhnt hatten, erkannte er Docteur Malraux, den alten Arzt von Giverny.

»Commissaire, verzeihen Sie, es ist … Nun ja, es ist etwas passiert, Sie müssen kommen.«

Lacroix runzelte die Stirn. »Etwas, was meine Anwesenheit erfordert?«

»Ich befürchte schon, auch wenn ich es nicht glauben will. Im *petit château* …«

Lacroix lief ein Schauer über den Rücken. Wieso hatte er sich in Sicherheit wiegen lassen? Der Abend war so wunderbar gewesen, als sie das Haus verlassen hatten.

»Ist sie tot?«, fragte er leise.

»Ja. Aber woher wissen Sie …«

»Woran ist die alte Dame denn gestorben?«

»Was? Wie?«

»Na, Madame de Touquet, Sie sagten doch …«

Docteur Malraux schüttelte deutlich und beherzt den Kopf.

»Nein, Madame de Touquet hat mich doch eben angerufen. Persönlich, stellen Sie sich vor. Ihr geht es gut, na ja, den Umständen entsprechend. Aber es ist eine Frau gestorben, eine junge Frau, sie ist die Freundin des jüngsten Sohnes.«

Er war ganz außer Atem, sprach ohne Punkt und Komma.

»Ich habe noch die Ambulanz angerufen, aber ich musste den Wagen aus Vernon wieder abbestellen. Ich habe eben den Tod festgestellt, kurz bevor ich zu Ihnen kam. Ich brauche Sie dort, Commissaire, wirklich.«

»Alice Namarra …«, sagte Lacroix und band sich schnell die Schuhe zu, die er mit einem Handgriff hinter der Tür hervorgeholt und angezogen hatte. Dann zündete er sich rasch die Pfeife an, die in der Manteltasche steckte. Es war viel zu früh. Für diesen Morgen und für das Mädchen.

Dominique sah aus dem Fenster zu ihnen herunter.

»*Ma chère,* bitte, bleib hier. Ich muss ins Haus der Familie de Touquet. Alice Namarra, sie ist …«

Dominique wurde blass. Sie sah ihn fragend an.

»Wirklich? Die Kleine?«

Lacroix nickte.

»Wir sehen uns nachher, *mon cher*«, sagte sie leise

und verabschiedete sich mit einem Nicken von Docteur Malraux.

Die beiden Männer gingen eilig durch die sternenklare Nacht, es dauerte keine fünf Minuten.

Das kleine Schloss der Familie war wieder hell erleuchtet, doch es standen weder eine Ambulanz noch Polizeifahrzeuge davor. Docteur Malraux setzte wohl ebenso auf Diskretion wie Madame de Touquet. Lacroix war es nur recht. Auch wenn er wusste, dass er in Kürze die örtliche Polizei würde hinzuziehen müssen.

Docteur Malraux ging durch den Vorgarten, den Lacroix erst vor einigen Stunden glücklich und leicht angeheitert verlassen hatte. Das Hausmädchen musste sie am Fenster erwartet haben. Sie öffnete sofort die Tür. Sogar Claire sah müde und erschöpft aus.

»Kommen Sie, Messieurs«, sagte die junge Frau und führte Lacroix und den Arzt hinauf in die Beletage. Der Commissaire wusste nicht, was er erwartet hatte. Doch sicher irgendetwas in der Art eines Taubenschlags, viele junge Menschen, die herumirrten, dazu Madame de Touquet, die das Wort führte und das Chaos dirigierte. Stattdessen herrschte buchstäblich Totenstille.

Das Hausmädchen führte sie den Flur hinunter bis ganz ans Ende. Hier ging nur noch eine Tür nach rechts ab. Sie ließ die Männer vorangehen. Der Raum war düster, nur ein kleines Nachtlicht brannte wie ein ewiges Licht auf dem Friedhof. Im Schein sah Lacroix den jungen Aurélien, der auf einem Stuhl saß und seinen Kopf auf Alice' Oberkörper gelegt hatte. Er rührte sich nicht. Die Stille war vollkommen.

Es war Docteur Malraux, der nach einigen Sekunden die Ruhe unterbrach.

»Ich bin gleich gekommen, als sie mich riefen«, flüsterte er. »Der junge Monsieur de Touquet hat mich gefragt, ob er bei ihr bleiben darf. Ich habe es natürlich erlaubt.«

Lacroix nickte. Docteur Malraux war die gute Seele des Ortes, ein unerschütterlicher Landarzt vom alten Schlag, eine aussterbende Zunft in diesem Land. Mediziner, die kamen, wenn jemand geboren wurde und wenn jemand starb – und auch auf dem ganzen Weg dazwischen kümmerte sich Malraux um jedes Wehwehchen. Nun starb seine Profession langsam aus, weil die jungen Karriereärzte nur im Krankenhaus arbeiten wollten oder höchstens noch in einer Praxis für plastische Chirurgie in einem Pariser Nobelvorort.

»Verzeihen Sie, Monsieur Aurélien«, sagte Lacroix leise. Er beobachtete, wie der junge Mann den Kopf hob und sich einmal mit dem Ärmel seines Pullovers übers Gesicht wischte. »Ich möchte Ihnen meine Anteilnahme aussprechen.«

Aurélien sah ihn an, als wäre er aus einem langen Traum erwacht, dann drehte er sich weg, und Lacroix hörte ihn wieder schluchzen.

»Es tut mir sehr leid, Monsieur.«

»Einfach so, sie ist einfach so …«, wimmerte Aurélien. Immer noch hielt er ihre Hand fest.

Lacroix sah, dass Alice Namarra lang ausgestreckt auf dem Bett lag. Ihr Gesicht war unversehrt und so schön wie am Abend, nur eine leichte Blässe hatte sich auf ihre Züge gelegt. Sie trug ein Nachthemd aus Seide, die Hände und Füße waren nackt. Der Commissaire erkannte sofort, dass ihre Fußsohlen grün-gelblich schimmerten und starke Verhornungen zeigten. Sein Blick traf den von Docteur Malraux, und der alte Arzt nickte. Symptome, die nur erkannte, wer seinen Beruf schon lange ausübte. Ein junger Arzt hätte auf schlechte Fußpflege getippt.

»Monsieur Aurélien, können wir hinuntergehen? Ich würde gerne mit Ihnen sprechen.«

Der junge Mann zuckte zusammen.

»Ich möchte hierbleiben, bei Alice, Commissaire. Sprechen Sie, fragen Sie.«

Lacroix zog sich einen Stuhl heran und setzte sich neben den jungen Mann.

»Können Sie mir erzählen, was passiert ist, nachdem wir gegangen sind?«

Aurélien zuckte mit den Schultern.

»Nichts. Es ist nichts passiert. Absolut nichts Ungewöhnliches. Wir haben unsere Gläser ausgetrunken, es gab die üblichen stumpfsinnigen Unterhaltungen zwischen meinen Brüdern, über Geld und den ganzen Kram, wie geil sie in ihrem Job sind, Sie wissen schon, Commissaire. Und dann sind wir hinauf: Also Aurélie und Auguste und Maman. Und wir beide.«

»Ihre Zwillingsbrüder nicht?«

»Sie versuchen ja beide dringend, Kinder zu bekommen. Und die Schwestern bestehen darauf, dass sie das nicht hier tun wollen – wo Maman alles mitbekommt. Sie schlafen in einem Hotel die Straße runter.«

»Ich verstehe. Was ist dann passiert? In der Nacht, meine ich.«

»Alice hat irgendwann aufgestöhnt. Sie ist zur Toilette gerannt«, er räusperte sich, »verzeihen Sie, Commissaire …«

Lacroix nickte ihm aufmunternd zu.

»Bitte, Aurélien, es ist alles sehr wichtig, jedes Detail, ich bitte Sie.«

»Gut, sie ist also wie gesagt zur Toilette gerannt. Ich dachte schon, sie habe die Kutteln nicht vertragen – meine Mutter musste aber auch wieder alle provozieren.« Bei dem Gedanken begann er wieder zu schluchzen, und Lacroix ließ ihm seine Zeit. Erst nach einer Weile fuhr er fort. »Als sie wiederkam, war sie ganz blass. Sie sagte, sie habe fürchterliche Bauchkrämpfe. Ich bin runtergegangen und habe ihr einen Tee gemacht und eine Nurofen geholt. Sie hat nur noch leicht gestöhnt, dann ist sie wieder eingeschlafen. Und ich offenbar auch. Denn ich bin erst aufgewacht, als sie mit Krämpfen auf dem Bett saß. Sie hat mich am Arm gepackt und gesagt: ›Aurélien, Aurélien, es ist ganz schrecklich.‹

Ich höre die Worte noch, sie war ganz panisch, sie ist wieder ins Bad gerannt und hat sich darin eingeschlossen. Ich habe geklopft, doch sie hat nicht reagiert. Dann habe ich Auguste geweckt, aber er war zu betrunken, seine Frau musste ihn wecken. Er hat mit mir zusammen die Tür aufgebrochen. Und da …«

Aurélien brach unter schwerem Atmen ab, Tränen standen ihm in den Augen.

»Da lag sie. Meine liebe Alice war an der Toilette zusammengebrochen. Das Bad sah aus wie ein Schlachtfeld, überall war Erbrochenes, es war so schrecklich. Sie atmete noch, aber nur ganz schwach. Wir haben sie ins Bett gebracht, ich habe versucht, sie wach zu kriegen, aber es war vergebens. Wir haben Maman geweckt, sie ist sofort gekommen. Sie hat Alice gesehen und ist ganz erschrocken. Sie hat sich runtergebeugt, um sie wiederzubeleben, sie war außer sich. Dann ist sie runtergerannt und hat sofort Docteur Malraux angerufen. Als er kam, hat Alice nicht mehr geatmet. Er hat …«

Dem jungen Mann brach wieder die Stimme, er schüttelte fortwährend den Kopf, den Blick auf Alice gerichtet.

»Er hat mich angesehen und gesagt: ›Sie ist leider tot.‹«

»Hatte Sie einen anderen Digestif, als wir weg waren?«

»Nein, sie hatte den gleichen Calvados wie wir alle.«

»Docteur Malraux?«

Der alte Arzt trat einen Schritt näher und nickte. »Es war, wie Monsieur de Touquet sagt. Dass Mademoiselle Namarra sich im Bad eingeschlossen hat, hat uns um wertvolle Minuten gebracht«, sagte er.

Lacroix versuchte, Auréliens Blick zu fixieren, dann sagte er: »Es tut mir leid, Monsieur, aber Ihre Freundin ist allem Anschein nach an einer starken Arsenvergiftung gestorben.«

»Was? Was ist sie?« Er fuhr vom Stuhl hoch, ließ ihre Hand los, sodass ihr Arm aufs Bett zurückfiel und die Hand über die Bettkante hinausschaute. »Arsen? Aber ... das ist doch Unsinn. Wie kann das sein? Sie ist vergiftet worden?«

»Oh ja«, sagte Docteur Malraux, »und ich bin davon genauso überrascht wie Sie, Monsieur. Es muss eine große Menge Gift gewesen sein, da Ihre Freundin so schnell gestorben ist. Es war ja nur zwei oder drei Stunden nach dem Ende des *dîners*, oder? Das ist zumindest ungewöhnlich. Normalerweise hätten wir noch eine Chance gehabt, sie zu retten – denn die Anzeichen für Arsen sind sehr klar, sehen Sie hier, Commissaire: die Fußsohlen. Aber Sie haben es ja längst gesehen, oder?«

»Sie wirken nicht überrascht, Monsieur Lacroix, überhaupt nicht«, sagte Aurélien.

Lacroix mahnte sich, diesen jungen Mann nicht zu unterschätzen, der ihn nun so forsch anblickte.

»Ich kann Ihnen im Augenblick nicht viel sagen, Monsieur Aurélien. Nur, dass ich hier war, weil es schon zuvor ein Problem mit Arsen gab.«

»Es gab was?«, rief der junge Mann in die Stille des Zimmers. »Sie wussten davon? Meine Freundin ist gestorben, und Sie ...«

Lacroix befürchtete, Aurélien könnte ihn angreifen, aber der junge Mann besann sich, blieb auf seinem Stuhl sitzen und ließ die Hände sinken.

»Ihre Mutter ...«, sagte Lacroix leise. »Sie hatte große Sorgen, dass ihr jemand nach dem Leben trachtete. Wir haben Arsen in ihrem Körper gefunden, vor einer Woche.«

»Maman …«, flüsterte er. »Jemand wollte Maman vergiften?«

»Wo ist Madame de Touquet?«, fragte Lacroix.

»Sie ist …«, begann Aurélien, aber er war zu schwach, die letzte Kraft hatte ihn verlassen, er fand sich in einem Albtraum wieder. So schaltete sich Docteur Malraux ein:

»Sie war noch hier, als ich den Tod festgestellt habe, aber dann hat sie mich gebeten, ihr etwas zum Schlafen zu geben. Ich habe ihr in ihrem Zimmer ein Mittel gespritzt, und nun wird sie bis zum Morgen schlafen, nehme ich an. Es war eine ziemlich hohe Dosis.«

»Würde sie merken, wenn sie auch vergiftet worden wäre?«

Docteur Malraux wurde leicht nervös.

»Das habe ich mich auch gerade gefragt, als Sie das Gift erwähnt haben. Ich wusste ja nichts davon. Ich werde gleich nach ihr sehen, wenn das in Ordnung ist, Monsieur de Touquet.«

Aurélien nickte, und Docteur Malraux verschwand im Flur.

»Das Haus ist so still. Wo ist Ihr Bruder? Wo ist Monsieur Auguste?«

Aurélien lachte höhnisch, ein Moment der Aufrichtigkeit.

»Aurélie hatte eine Panikattacke, als sie Alice da hat liegen sehen. Sie hat nur noch geschrien. Da hat mein Bruder sie ins Auto geladen, und sie sind nach Paris gerast.«

»Ohne dass wir sie vernehmen konnten?«

Aurélien machte eine wegwerfende Handbewegung.

»Wir sind die de Touquets. Haben Sie das noch nicht gemerkt? Hier gelten unsere eigenen Gesetze – denken zumindest meine Brüder, weil sie es bei Maman und Papa immer gesehen haben.«

»Warum nach Paris? Ich dachte, Ihr Bruder lebt in London.«

»Ach, das erzählt er doch nur noch, um den Schein zu wahren. Seine Bank hat ihn rausgeschmissen, vor zwei Monaten schon. Er musste umziehen, weil die Kohle nicht mehr gereicht hat. Jetzt sucht er in Paris einen neuen Job. Aber …«, die Geschichte hatte ihn abgelenkt, aber als sein Blick wieder aufs Bett fiel, erkannte er, dass ihn fortan nie wieder etwas würde ablenken können – von diesem Verlust. »Wer hat das getan? Wer … meine geliebte Alice, sie ist so freundlich, sie ist so …«

Wieder nahm er ihre Hand und hielt sie fest.

»Werden Sie ihre Familie in Australien informieren?«

»Alice war eine Waise. Ihre Eltern sind sehr früh gestorben, bei einem Unfall. Sie hat niemanden. Außer mir.«

Lacroix überlegte einen Moment, dann sagte er:

»Ich habe Ihre Freundin heute Vormittag in den Monet-Gärten getroffen, sie war ganz und gar bemerkenswert, finde ich«, sagte Lacroix. »Und doch hatte ich das Gefühl, dass sie nicht allen in Ihrer Familie gänzlich willkommen war.«

Aurélien wollte gerade antworten, da brach es aus ihm heraus, sein ganzer Körper bebte vom Schluchzen und den Tränen.

»Ich kann nicht, ich kann wirklich nicht, meine Alice«, und er warf sich über ihren Körper, bedeckte sie, als wollte er sie schützen, und Lacroix gab es auf.

»Ich werde morgen wiederkommen, Monsieur. Docteur Malraux?«

Der Arzt hatte eben wieder das Zimmer betreten. Lacroix führte ihn hinaus.

»Wie geht es Madame de Touquet?«

»Sie atmet. Es gibt nichts Ungewöhnliches. Ich denke, es geht ihr gut.« Er wirkte beruhigt.

»Gut. Bitte geben Sie dem jungen Monsieur de Touquet etwas, damit er sich beruhigt. Ich brauche ihn morgen wirklich wach und klar, um mehr zu erfahren. Ich bitte Sie, die Police nationale in Vernon zu informieren. Ich sollte hier nicht gesehen werden – jedenfalls nicht als erster Beamter. Ich komme in den Morgenstunden wieder her. Mein Pariser Gerichtsmediziner wird sich Mademoiselle Namarra in der Gerichtsmedizin in Évreux ansehen.«

»So wird es gemacht, Commissaire.«

»Docteur? Vielen Dank.«

Er stieg die Treppe hinab und ging in die Bibliothek, betrachtete die Flaschen, sah sich um und nahm dann mit spitzen Fingern die Whisky- und die Calvadosflasche. Jeweils eine steckte er in seine linke und rechte Manteltasche. Dann trat er aus der Tür und entzündete seine Pfeife.

Die rote Glut war die nächsten fünf Minuten auf der kleinen Hauptstraße von Giverny zu sehen, bis Lacroix in sein Landhaus trat.

17

Es sind schon alle vor Ort«, hatte Dominique gesagt, als sie vor einer halben Stunde mit frischen *pains aux raisins* aus der Boulangerie gekommen war. »Ich habe zwei Zivilfahrzeuge der Police nationale in Vernon gesehen und die Spurensicherung aus Évreux.«

Madame Lacroix hatte den tief schlafenden Commissaire erst geweckt, nachdem sie ihm ein kleines Frühstück bereitet hatte.

Nach einer Rosinenschnecke und einem *Verveine*-Tee hatte er sich die zweite Pfeife des Tages angesteckt und war nun auf dem Weg die Hauptstraße hinunter.

Es gab keine Absperrung. Allein daran, dass die Autos kreuz und quer über die Straße verteilt standen, erkannte der Beobachter, dass hier etwas nicht stimmte.

Der Gendarm am Gartenzaun ließ ihn durch und salutierte nicht ohne Ehrfurcht.

Der diensthabende Commissaire diskutierte eben in der Lobby mit zwei Männern in weißen Anzügen, blickte aber sofort auf und schien augenblicklich verwirrt. Er schob sich an den Kollegen vorbei und rief:

»Commissaire Lacroix, ich wusste ja, dass Sie hier wohnen, aber dass Sie gleich jeden Tatort persönlich besuchen …«

Er baute sich vor ihm auf und lächelte eine Spur zu freundlich.

»Ich bin Commissaire Ballandraud von der Police nationale in Vernon. Wie komme ich zu der Ehre?«

Lacroix hatte dieses Gespräch kurz vorm Einschlafen einmal in Gedanken geprobt. Es gab einiges zu verlieren – kein Polizist überließ einem anderen gern seinen Tatort.

»Ich weiß, es ist sehr ungewöhnlich, weil das hier Ihr Revier ist. Aber wie Sie richtig sagen, Commissaire, wir wohnen im Ort. Und Madame de Touquet hat mich vor einigen Wochen aufgesucht, weil sie um ihr Leben fürchtete. Ich habe mich der Sache angenommen und war gestern Abend zu Gast im Hause de Touquet. Den Tod der jungen Frau habe ich nicht vorhergesehen, ich bin darüber von der Familie informiert worden. Wenn es Ihnen recht ist, würde ich gerne die Ermittlungen übernehmen und in Paris bündeln. Natürlich behalten Sie ein Mitspracherecht, und natürlich können Sie die Pressekonferenz leiten, wenn wir den Täter haben. Sie wissen ja, ich finde jede Form der Öffentlichkeit … nun ja, eher abträglich.«

Er sah, wie es in Ballandrauds Kopf ratterte.

»Vertrackte Sache, das hier, Commissaire. Da haben Sie recht. Ganz im Vertrauen: Als ich heute Nacht gerufen wurde und hörte, dass es sich um die Familie de Touquet handelt, habe ich erst mal ziemlich geflucht. Ich hasse Ermittlungen in dieser Kaste, es ist immer so kompliziert, all diese hochgestochenen Herrschaften …«

Er überlegte noch einen Augenblick.

»Deshalb bin ich versucht, Ihrem Ansinnen zuzustimmen.«

»Das wäre wirklich sehr kollegial, Commissaire. Ich habe bereits meinen Gerichtsmediziner aus Paris verständigt, er müsste in einer Stunde in Évreux eintreffen, um sich die Leiche anzusehen.«

Ballandraud kratzte sich am Kopf. »Na, Sie haben ja alles bestens vorbereitet, Commissaire. Muss ich auch noch irgendwo unterschreiben?«

»Ich garantiere«, beharrte Lacroix, »Sie behalten alle Eingriffsmöglichkeiten.«

»Gut«, sagte Ballandraud, der sich längst entschieden hatte, »dann ist es jetzt Ihr Tatort. Ich wünsche gutes Gelingen.«

»Wo ist Madame de Touquet?«

»Das ist so eine Sache«, schnaufte der Commissaire, »ich habe sie noch nicht zu Gesicht bekommen. Sie schlief sehr lange, offenbar hat ihr der Arzt in der Nacht ein Mittel gespritzt. Und nun sagt das Hausmädchen seit einer Stunde, Madame würde erst in ihren Gemächern frühstücken und sich zurechtmachen, erst dann würde ich vorgelassen – können Sie sich das vorstellen? Wir sind doch hier nicht in Versailles.«

Lacroix nickte.

»Eine ganz und gar bemerkenswerte Frau, da haben Sie recht. Haben Sie den Rest der Familie schon angetroffen?«

»Die beiden jüngeren Brüder«, er betrachtete seinen vollgekritzelten Notizblock, »sind mit ihren Frauen aus dem Hotel bereits nach Paris abgereist. Ebenso wie Auguste, der ältere Bruder. Sie sehen, alle Wege führen nach Paris. Das dürfte Ihnen ja genehm sein. Nur Aurélien de Touquet ist noch hier. Er ist vor einer Stunde in die Morgenmesse gegangen und müsste gleich wieder hier sein.«

»Gut, wir werden gemeinsam mit ihm sprechen, wenn Sie möchten. Mit Madame würde ich gern allein sprechen, wenn Sie erlauben.«

»Nur zu, Commissaire, nur zu«, sagte Ballandraud grinsend. »An komplizierten Gesprächen ist mein Bedarf gedeckt, ich bin schließlich verheiratet.«

18

Madame de Touquet sah überraschend frisch aus an diesem Morgen. Ihre Wangen waren rosig, ihr Haar frisch frisiert. Offenbar hatte sie wirklich tief geschlafen von Docteur Malraux' Spritze. Nun saß sie in ihrem Morgenmantel auf dem Bett und hatte über den Füßen noch eine leichte Decke. Nur ihr kummervolles Gesicht sprach Bände über die vergangene Nacht.

»Monsieur Lacroix, ein Glück, dass Sie hier sind. Ich dachte schon, es kämen diese primitiven Polizisten aus der Provinz. Ohne Takt, ohne Feingefühl. Dabei …«, sie kämpfte mit ihren Gedanken, »habe ich sie da liegen sehen. Ich werde diese Bilder nie wieder los. Sie muss wirklich *horriblement* gestorben sein, ganz schrecklich, sie war so verkrampft, Monsieur Lacroix. Es war furchtbar. Ich habe gleich gedacht, dass es Arsen war, die arme …«

»Sie wurden von Ihrem Sohn geweckt?«

»*Le pauvre Aurélien,* mein armer kleiner Junge. Irgendwie ist der Krach bis in meinen Traum gedrungen, aber dann haben sie mich schon geweckt. Auguste hatte schon die Tür aufgetreten. Und da lag sie. Ich habe gelauscht, ob sie noch atmet, aber da war nichts.«

»Die Kollegen haben sie nach Évreux bringen lassen. Docteur Obert, den Sie ja schon gut kennen, wird die Obduktion übernehmen. Wir werden Mademoiselle Namarra also nach Paris überführen. Es wäre gut, Madame Lacroix, wenn auch Sie nach Paris kommen würden. Ich würde Sie gern dort untersuchen lassen, um ganz sicherzugehen, dass Sie die vergangene Nacht gut überstanden haben, trotz allem.«

»Sie haben daran gedacht, oder, Monsieur Lacroix?«

»Woran?«

»Es war ein Zufall. Oder besser Pech.«

»Alice Namarra?«

»Alles andere wäre doch verrückt. Es sollte mich treffen. Ich hätte da liegen sollen, auf dem kalten Badezimmerboden.«

Lacroix straffte seine Schultern und setzte sich auf den Sessel, der dicht neben dem Bett stand. Es war genug.

»Madame de Touquet, es reicht mit all den Andeutungen. Ich verlange, dass Sie mir jetzt von Ihrem Verdacht erzählen. Sonst lege ich hier alles nieder und lasse die Kollegen aus Vernon ermitteln. Haben Sie gehört?«

Madame de Touquet schaute etwas indigniert, dennoch huschte ihr ein leichtes Lächeln über die Lippen.

»Es ist vorbei, alles ist vorbei, die Gefahr für mein Leben, meine ich. Deshalb verzeihen Sie, dass ich nicht gänzlich betrübt bin. Aber, Monsieur Lacroix, ich habe mich ja nicht umsonst an Sie gewandt. Ich bitte Sie, seien Sie mir nicht böse, sagen Sie mir lieber, was Sie schon wissen. Sie wissen alles, was ich angedeutet habe, oder?«

Lacroix lehnte sich auf dem Stuhl zurück und atmete einmal lange aus, um sich zu beruhigen.

»Sie glauben, dass gestern Abend der entscheidende

Giftanschlag bevorstand. Dass alles vorher nur Maskerade war, um Ihren Angehörigen mitzuteilen, dass es nicht gut um Sie steht, dass Sie vielleicht unter einer schlimmen Krankheit leiden. Gestern Nacht aber sollte es zu Ende gebracht werden. Sie sollten zusammenbrechen, unter starken Schmerzen, ganz verkrampft. Niemand wäre darauf gekommen, dass es ein unnatürlicher Tod war, weil Sie alt sind und ja schon vorher litten. Und das Entscheidende: Sie glauben, dass es Alice Namarra war, die Sie töten wollte.«

Madame de Touquet antwortete nicht, sondern streckte ihm die Hand hin, ihre kleinen Augen ruhten auf seinem Gesicht. Er ergriff ihre Hand nicht, sodass sie sie nach einer Weile zurückziehen musste. Ihre Stimme war wieder so rau wie am Vorabend.

»Sie machen Ihrem Ruf alle Ehre, Monsieur Lacroix, wissen Sie das?«

»Sie wissen, dass wir die Arsenproben im Whisky gefunden haben. Gestern haben Sie dann sogar zusammen Whisky getrunken, Alice Namarra und Sie. Sie haben die junge Frau losgeschickt, um die Flasche zu holen. Das allein hat mich verwundert. Aber ich habe die Flasche und die Gläser danach nicht mehr aus dem Blick gelassen, auch nicht, als das Hausmädchen mit dem dampfenden Rochen zur Tür hereinkam. Sie haben die Gläser nicht ausgetauscht, Madame. Und dennoch war es Alice, die starb. Können Sie mir das erklären? Was ist passiert?«

»Haben Sie schon Proben vom Whisky genommen? War das Gift wirklich darin?«

»Docteur Obert wird die Flasche in Paris untersuchen. Aber bitte, Madame, erklären Sie es mir.«

Sie schüttelte den Kopf. »Ich weiß es nicht. Wirklich nicht. Vielleicht hat sie die Gläser verwechselt, als sie mir das meine gegeben hat.«

»Das wäre doch recht leichtsinnig.«

»Vielleicht war sie aufgeregt?«

»Sicher wäre sie das gewesen. Dennoch: Die entscheidende Frage, auf die ich bislang keine Antwort habe, ist, warum eine junge Australierin, die sehr froh war, zu Ihrer Familie zu gehören, Ihnen nach dem Leben trachten sollte.«

»Ich bin enttäuscht, Monsieur.«

Ihr Blick war prüfend, herausfordernd.

»Warum, Madame?«

»Weil Sie es doch wissen sollten: Sie wollte zu meiner Familie gehören – ein wenig zu sehr.«

Sie brach ab. Lacroix wartete, dass sie fortfuhr. Doch weit gefehlt. Sie rutschte etwas tiefer, lehnte sich zurück und zog die Decke höher.

»Ich bin erschöpft, Monsieur Lacroix. Bitte, sehen Sie es mir nach. Ich werde den Einuhrzug nach Paris nehmen. Suchen Sie mich heute Abend im La Coupole auf, dann reden wir weiter. Einen guten Tag.«

Sie schloss die Augen, und damit war das Gespräch beendet.

Lacroix wartete noch einen Moment, dann stapfte er aus dem Raum, stieg die Treppe hinunter und zündete sich die Pfeife an, noch bevor er einen Fuß aus der Tür gesetzt hatte.

»Das ist doch wirklich unerhört«, murmelte er, überrascht von Madame de Touquets Chuzpe.

Er wollte eben eine Runde durch den Garten machen, als er an der Seitentür den jungen Mann in schwarzem Hemd und einer dunklen Jeans bemerkte.

»Monsieur Aurélien«, rief er und machte ein paar Schritte auf ihn zu. »Kommen Sie bitte, ich würde mich gern mit Ihnen unterhalten.«

Der jüngste Sohn gab ihm die Hand, als hätte es die vergangene Nacht nicht gegeben. Doch seine Augen zeigten die Spuren der Trauer, er musste in der Kirche viel geweint haben.

»Bitte, setzen wir uns doch hierhin.«

Der Commissaire wies auf die hölzerne Bank, die mitten im Garten mit Blick auf die Villa stand und die der in Monets Garten sehr ähnelte, auf der Lacroix gestern mit Alice gesessen hatte.

Aurélien ließ sich neben ihn fallen, achtete jedoch darauf, genügend Abstand einzuhalten.

»Wie geht es Ihnen?«

Der junge Mann schien zu überlegen, wägte seine Worte sorgfältig ab.

»Sie sind ein Mann vom alten Schlag, Commissaire, ich merke es daran, wie Sie Ihre Frau ansehen. Wenn ich von mir ausgehe: Ich habe lange Zeit nicht gedacht, ein solches Glück zu finden. Die Zeiten sind so schnelllebig und so beliebig – gerade in Paris. Da muss ich um den ganzen Globus reisen, um in einer Galerie am Ende der Welt ein Mädchen zu treffen, das mich nur einmal anlächelt, und schon ist es um mich geschehen. Aber das allein war es nicht, das wäre auch zu einfach. Das weiß ich, ich habe mich oft in meinem Leben verliebt. Dafür braucht es nicht viel. Aber dass dieses Gefühl trägt, dass man den Wunsch hat, wirklich füreinander da zu sein, auch die verborgenen Dinge miteinander zu teilen, die gar nicht so leicht und strahlend sind, das hätte ich nicht gedacht – aber all das habe ich bei Alice gefunden. Und nun gerät sie hier in eine solche verdammte Hölle und lässt ihr Leben – wissen Sie, ich könnte mich wirklich gleich neben sie legen, am besten täte ich es.«

Wieder liefen Aurélien Tränen über die Wangen, doch es waren die Tränen des Morgens, er war nicht mehr aufgelöst, sondern weinte still und klar, was es nur noch trostloser machte.

»Monsieur Aurélien, gestern war ich nur Zeuge des schrecklichen Todes. Nun aber bin ich der Ermittler, der den Tod Ihrer Freundin aufklären muss. Ich bitte Sie, reden Sie mit mir. Warum hat Ihre Familie so zögerlich auf Alice reagiert?«

Aurélien betrachtete Lacroix' Gesicht, als wollte er ihn zeichnen.

»Ich habe mich das auch gefragt. Ich habe gedacht: Da komme ich zum ersten Mal in meinem Leben mit einer Frau. Ja, sehen Sie mich nicht so an, es war das erste Mal. Die Frauen vorher«, er rollte mit den Augen, »habe ich hier gar nicht erst vorgestellt, egal, wie lange unsere Liaison auch gedauert hat. Alice aber war mir wichtig, mehr als das. Doch die Reaktionen meiner Brüder waren, gelinde gesagt, kühl. Noch schlimmer waren die Frauen. Aurélie, diese kalte … Ich verstehe gar nicht, wie mein Bruder mit ihr … Oder die beiden Zwillinge, ich habe wirklich gedacht, sie würden Alice aufnehmen, so wie wir sie aufgenommen haben, obwohl ihr Stil nun wirklich nicht dem meiner Mutter entspricht – aber nichts dergleichen ist passiert. Es hat mich fertiggemacht, dass sie Alice so ausgeschlossen haben. Und sie haben mir bis heute nicht erklärt, warum eigentlich.«

»Und Ihre Mutter?«

»Ich habe vor zwei Monaten um Alice' Hand angehalten. Natürlich musste ich davor Maman um ihren Segen bitten. Sie hat ihn erteilt.«

»Ist das üblich? In diesen Zeiten?«

»Wir sind eine bedeutende Familie, Commissaire. Und wir haben immer noch Pfründe zu verteilen – darüber wacht meine Mutter bis heute.«

»Und dennoch hat sie einfach so ihren Segen gegeben? Das klingt höchst undramatisch, dabei war es doch Ihre Mutter, wenn ich mir erlauben darf, das zu sagen.«

Zum ersten Mal erschien ein sanftes Lächeln auf dem Gesicht des jungen Mannes.

»Sie haben ein feines Gespür, Commissaire. Ja, es stimmt. Ich war auch überrascht. Aber sie muss gemerkt haben, wie viel Alice mir bedeutet. Sie hat mich am Arm gefasst und gesagt: ›Wenn sie die Richtige ist, dann tu es.‹ Ich war ganz gerührt. Meine Freundin hat natürlich sofort in die Eheschließung eingewilligt, alles war gut. Stellen Sie sich das vor. Vor nicht mal zwei Monaten war alles gut. Und nun? Werde ich wieder von vorn anfangen. Aber wo ist das – dieses vorn?«

Lacroix merkte, dass der Mann wirklich ein Künstler war. An seinen Gesten, seinem Wesen, seinen Formulierungen.

»Denken Sie, Ihre Mutter war mit der Eheschließung wirklich einverstanden? Stand sie Ihrer Freundin positiv gegenüber?«

Der junge Mann zuckte mit den Schultern.

»Ich habe Andeutungen von Aurélie gehört, dass auch Maman nicht begeistert war. Mir gegenüber hat sie das aber nie gesagt.«

»Wann wäre es denn so weit gewesen?«

»Wir wollten im Rathaus des zehnten Arrondissements heiraten, da wohne ich, in Belleville. Es war alles bestellt, in drei Wochen hätten wir uns trauen lassen. Und nun?«

»Das tut mir wirklich sehr leid, Monsieur. Werden Sie nach Paris zurückkehren?«

»Ich fahre am Nachmittag zurück. Ich kann nicht hierbleiben. Ich frage mich sogar, wie ich jemals wieder an diesen Ort kommen soll.«

Lacroix verabschiedete sich von dem jungen Mann, der weiter hinten in den Garten ging, wo der kleine Teich lag. Der Commissaire aber steuerte auf die Villa zu. Die Spurensicherung war eben aus der oberen Etage in die untere umgezogen, Männer und Frauen in weißen Anzügen richteten sich im Esszimmer ein. Die Fenster standen weit offen, so blieb Lacroix eine Weile stehen und beobachtete sie, dabei ließ er seinen Blick schweifen.

Plötzlich hielt er inne. Im Sonnenlicht auf dem Rasen

glitzerte etwas, als würde es das Licht zurückwerfen. Eine Glasscherbe? Er trat näher und sah nach oben. Dort lag das Fenster des Zimmers, in dem in dieser Nacht Alice geschlafen hatte, bis zu ihrem jähen Ende.

Er bückte sich und griff mit spitzen Fingern nach dem glitzernden Etwas. Es war eine wunderschöne Dose aus Perlmutt, auf die eine kleine Rose mit rosa Blütenblättern und dunkelgrünen Blättern gemalt war.

Er achtete darauf, nicht die Ober- oder die Unterseite des Döschens zu berühren, sondern fasste es nur an den Seiten an. Vorsichtig öffnete er es. Eine Sekunde, ein kurzer Blick, das reichte, er schloss es wieder. Das Arsenpulver darin war unverkennbar.

Wieder sah er hinauf. War die Dose hinausgefallen? Unwahrscheinlich. Eher hatte sie jemand geworfen, der ein Beweismittel vernichten wollte. Aber hier in den Garten? So offensichtlich?

Lacroix ging hinein und sprach einen Kollegen von der Spurensicherung an.

»Ich brauche eine Beweismitteltüte, bitte.«

Er ließ die Dose in die durchsichtige Tüte gleiten, steckte diese dann in seine Manteltasche und ging langsam aus dem Garten der Villa ins Dorf.

19

Die *route départementale* 915 zog sich am gewundenen Ufer der Seine entlang. Der tiefblaue Fluss mäanderte zu ihrer Linken, davor lag die breite Bahnstrecke Paris–Rouen.

Dominique hatte sich entschieden, noch in Giverny zu bleiben.

»Du wirst ja ohnehin nicht viel zu Hause sein, wenn du nun losermittelst, mein Lieber«, hatte sie gesagt und sich wieder ihren Rosen zugewandt.

Also hatte sich Lacroix in den kleinen Wagen von Docteur Obert gequetscht, der nun ganz gemächlich der Hauptstadt entgegentuckerte.

»Das hat ein schreckliches Ende genommen«, sagte der Commissaire und sah aus dem Fenster. Er spürte eine tiefe Müdigkeit. Die Sommerhitze, so früh am Morgen. Die lange Nacht. Der schreckliche Tod des Mädchens.

»Ein sehr unerwartetes Ende, wenn Sie mich fragen, Lacroix.«

»Was denken Sie?«

»Dass eine Verwechslung vorlag. Ganz einfach.«

Lacroix nickte.

»Alles andere wäre schwer zu glauben.«

»Ich habe angeordnet, dass die Spurensicherung aus Évreux noch mal die Küche absucht. Sie sollen auch überprüfen, ob noch Spuren in benutzten Gläsern zu finden sind. Ich glaube aber nicht daran, es war wohl alles schon sauber, sagt der Mann, der zuerst vor Ort war.«

»Und die Flaschen, die ich Ihnen gegeben habe? Whisky und Calvados?«

»Der Schnelltest, den ich durchgeführt habe, war negativ. Ich schau mir das in Paris aber noch mal an.«

»Ich brauche wohl nicht zu raten, was in dem Döschen mit der Rose ist?«

Der Commissaire hatte seinen Fund direkt an Docteur Obert ausgehändigt.

»Ich mache die Spektralanalyse erst in Paris. Aber ja, Commissaire, ich denke auch, dass es Arsen ist. Ein hübsches Stück, wem gehört die Dose?«

»Wenn ich das wüsste ... Können Sie bitte mit Ihrem Telefon einmal im Kommissariat anrufen? Ich würde gerne mit Paganelli sprechen.«

Docteur Obert lächelte, während er zu seinem Handy griff.

»Geben Sie also zu, dass so ein Mobiltelefon eine praktische Sache ist?«

»Ich gebe nur zu, dass es eine unnütze und nervige Angelegenheit ist. Ich könnte auch einfach gleich ins Kommissariat gehen und mit ihm sprechen.«

»Dann verlieren Sie aber eine Stunde.«

»Rufen Sie an, oder muss ich erst böse werden?«

Der Arzt drückte die Kurzwahltaste, auf der Lacroix den Eintrag *Maigrets Büro* erkannte.

»Ja, hier ist Docteur Obert, Monsieur Paganelli? Ich habe hier Ihren Chef für Sie.«

Er reichte Lacroix das Telefon.

»Ja, Paganelli?«

»Commissaire, schön, Sie zu hören. Im Revier geht das Gerücht, dass Sie keine ruhigen Zeiten hatten auf dem Lande. Sie wissen doch, ein Kollege von der Sitte hat Familie in Vernon, und der hat es von einem Kollegen dort gehört. Ein Mord – stimmt das?«

»Ich fürchte, ja. Hören Sie: Finden Sie alles heraus über die Söhne der de Touquets. Finanzen, Krisen, Vorstrafen, alles. Fragen Sie über Interpol bei der australischen Polizei an, wir müssen alles wissen über eine Alice Namarra aus Melbourne. Sie hat wohl keine Familie mehr, das könnte also schwierig werden. Dennoch: Ich will alles wissen, wirklich alles. Und das Wichtigste: Machen Sie Auguste de Touquet ausfindig. Er ist in der Nacht vom Tatort abgerückt. Lassen Sie ihn notfalls verhaften. Ich will ihn sehen. Ich werde ab fünfzehn Uhr im Chai sein, bringen Sie ihn dorthin. Wenn es später wird, vernehme ich ihn im Kommissariat. Alles verstanden? Die Leitung ist so schlecht.«

»Bestens verstanden, Commissaire. Na, da hab ich ja endlich was zu tun.«

Als der Korse aufgelegt hatte, gab Lacroix dem Arzt das Telefon zurück.

Docteur Obert bog auf die Autoroute 13 ein, die sie in einer Dreiviertelstunde in die Pariser Innenstadt bringen würde.

»Was ist mit den Habseligkeiten der jungen Dame? Ich wollte in der Nacht nichts an mich nehmen, um die Kollegen aus der Normandie nicht nervös zu machen.«

»Ich lasse alles in Évreux abholen und zu mir in die Gerichtsmedizin bringen. Dort können Sie es dann für die Ermittlungen übernehmen.«

»Gut, haben Sie vielen Dank.«

»Glauben Sie, dass es jemand aus der Familie war?«

»Ich würde mich im Moment schwertun, eine andere logische Erklärung zu finden.«

»Ich werde die Leiche der Frau natürlich auch noch obduzieren, aber das Ergebnis ist jetzt schon eindeutig: eine sehr hohe Dosis Arsen. Wir werden rauskriegen, wie hoch die Dosis war, auch wenn das vielleicht nicht mehr wichtig ist.«

»Was in der Tat auch wichtig ist: Hat der Schnelltest bei Madame de Touquet etwas ergeben?«

»Er hat Spuren von Arsen nachgewiesen. Allerdings brauche ich eine neue Blutprobe, um festzustellen, ob es Überreste sind oder ob neues Gift hinzugekommen ist. Sie kommt heute Nachmittag zu mir in die Rechtsmedizin, damit ich sie untersuchen kann.«

»Und ich treffe Madame später im La Coupole.«

Docteur Obert sah ihn belustigt von der Seite an.

»Na, eines müssen Sie diesem Fall aber lassen, Commissaire: Sie bekommen stets gut zu essen.«

»Sie hat mir keine Wahl gelassen«, sagte Lacroix kopfschüttelnd.

20

Das Hupen der Taxis, das Klingeln der Busse, das Geplauder auf dem Trottoir um ihn herum – das alles gab ihm Kraft und hegte ihn ein wie ein vertrauter Kokon.

Ja, Paris war Balsam für seine Seele. Wenn er Ruhe hatte, wenn die Tage lang waren, wenn er lesen und nachdenken konnte, war Giverny ideal, weil ihn der Ort belebte, befreite, erfrischte. Doch in Zeiten, in denen er in einem Fall ermittelte, wenn es in seinem Kopf raste, wenn er dringend Antworten finden musste, dann tauchte er lieber in Paris unter und fand dadurch genau die Inspiration, die am Ende den Ausschlag gab.

Er hatte sich vorm Café de Flore auf dem Boulevard Saint-Germain absetzen lassen. Der Verkehr brauste an ihm vorbei, als er auf die grüne Ampel wartete, um die Straße zu überqueren und in die Rue de Rennes einzubiegen.

Irgendwo auf dieser Straße lag die unsichtbare Grenze: nördlich davon Saint-Germain, die hübschen Balkone, die alten Caféhäuser, die Heimat der Literaten und Bohemiens. Südlich lag Montparnasse, wo die Häuser zweckmäßiger wurden, die Büromenschen gestresster, die Atmosphäre eiliger. Nein, Lacroix schätzte Montparnasse nicht.

Doch in diesem Moment war die Hektik genau die

richtige Kulisse für das Tableau, das sich in seinem Kopf aufbaute:

Madame de Touquet – das alte Familienoberhaupt, das ihre Kinder fest im Griff hat. Die Frau, die das eigentliche Opfer sein sollte.

Auguste de Touquet – der älteste Sohn, der das nächste Oberhaupt der Familie werden soll. Finanzprobleme, allem Anschein nach. Seine Frau Aurélie neigt zu spitzen Bemerkungen und zieht im Hintergrund ihre Fäden.

Artur und Adolphe de Touquet – kaum zu unterscheiden, auch charakterlich. Sind sich sehr nahe und bilden mit ihren Frauen eine Quadriga gegen die restliche Familie.

Aurélien de Touquet – der Freigeist, Künstler, sehr viel empathischer als der Rest, aber irgendwie undurchsichtig.

Alice Namarra – die Frau, die zum Opfer wurde. Eine junge, unabhängige Frau, die sich in aller Eile einem französischen Familienclan an den Hals geworfen hat.

Claire, das Hausmädchen – immer dort, wo auch Madame de Touquet ist. Freundlich, ohne Frage – doch was ist ihre Rolle?

Natürlich hatte Lacroix schon über die junge Frau nachgedacht, die in der Wohnung und dem Landhaus von Madame de Touquet stets anwesend war – doch beim besten Willen, was hätte ihr Motiv sein sollen?

So viele Verdächtige auf einen Streich – ohne dass

einer von ihnen einen triftigen Grund hatte, Alice Namarra umzubringen. Was die Vergiftung von Madame de Touquet anging, sah das schon anders aus. Sie war reich und bestimmte alles in der Familie – nicht jeder Sohn konnte das gut ertragen.

Lacroix hatte das dringende Gefühl, dass er einen Gang würde zulegen müssen – die Zeit der luftigen Gespräche beim *dîner* war vorbei.

21

Hinter dem Gare Montparnasse, dem eckigen Bahnhofsgebäude, von dem aus sich die Schnellzüge gen Westen und Südwesten aufmachten, nach Bordeaux, Biarritz und Nantes, befand sich der Eingang zum Tour Montparnasse. In der Lobby gab es links die beiden Fahrstühle für die Touristen, die in Schlangen bis vor das Gebäude standen. Der Aufzug würde sie nach einer kurzen Wartezeit die sechsundfünfzig Stockwerke emporschicken, zweihundert Meter in die Höhe. Lacroix war noch nie auf der Terrasse des Hochhauses gewesen, er verabscheute dessen düstere Monstrosität, die dunkel verspiegelten Scheiben, diesen ganzen wuchtigen Klotz.

Der Commissaire nahm nach einem kurzen Gespräch mit dem Concierge den rechten Fahrstuhl und drückte auf die *32*. Der Lift sauste geräuschlos aufwärts und spuckte ihn in einem kahlen Flur aus. Der Turm beherbergte neben zahlreichen Firmen und Büros auch einige Privatwohnungen. Vor einer von ihnen stand Lacroix nun und drückte auf die Klingel. Der Name *De Touquet* war in einem winzigen Klingelschild angebracht. Er hörte leise Stimmen hinter der Tür, dann wurde geöffnet, und eine Blondine in Bademantel stand vor ihm.

»Oh«, sagte die Frau, deren Namen Lacroix nicht mehr wusste – er konnte sich in diesem Moment nicht mal erinnern, ob sie ihm überhaupt namentlich vorgestellt worden war oder ob das Zwillingsdasein jede Individualität aufgelöst hatte.

»Ich dachte, Sie wären von der Post. Aber …«, in ihrem Kopf ratterte es sichtlich, »Sie sind doch der Polizist aus dem Dorf!«

»Lacroix«, stellte sich der Commissaire noch einmal vor, »*Police judiciaire de Paris*. Ich habe einige Fragen, die den Tod Alice Namarras betreffen. Ich würde gerne hineinkommen.«

Die junge Frau machte Platz und sagte leise: »Artur ist nicht da, Adolphe auch nicht. Sie sind im Büro und kommen sicher erst spät nach Hause.«

Sie führte Lacroix in ein riesiges Wohnzimmer, wo am Fenster in Jeans und T-Shirt ihre Schwester stand und hinaussah.

»Ich möchte Sie bitten, Ihre Gatten anzurufen. Sie mögen herkommen, wir müssen reden, es ist sehr dringend.«

»Ich werde mich nur rasch umziehen, ja?«, sagte die junge Frau, die ihm die Tür geöffnet hatte.

Sie verschwand durch eine weiße Tür in einen angrenzenden Raum und rief:

»Kann das nicht bis heute Abend warten? Unsere Männer werden bestimmt nicht erfreut sein, bei der Arbeit gestört zu werden …«

Lacroix stand nun mitten im Raum und sagte noch einmal laut und deutlich:

»Rufen Sie Ihre Männer an. Sonst muss ich sie von meinen Mitarbeitern aus dem Büro holen lassen.«

Die andere Schwester schluckte und griff zum Handy, das sie in ihrer Gesäßtasche verwahrt hatte.

»Wegen so einer Sache …«, murmelte sie.

Lacroix hörte sie gar nicht, so leise sprach sie ins Telefon. Er trat an ihr vorbei ans bodentiefe Fenster und spürte, wie sein Herz schneller schlug.

Dieser Ausblick. Paris lag ihm buchstäblich zu Füßen.

Er erkannte den großen Vorteil des Tour Montparnasse: Sobald man drinnen war, sah man den Tour Montparnasse nicht mehr. Stattdessen breitete sich die ganze Stadt vor seinem Blick aus, zumindest der sehenswerte Teil davon. Die Wohnung war nach Nordwesten hin ausgerichtet. Deshalb waren rechts die Ausläufer der Île de la Cité zu sehen, die beiden Türme von Notre-Dame, zum Glück standen sie noch. Pont Neuf, die hohen Fassaden des Louvre. Weiter links glänzte die güldene Kuppel des Invalidendoms im Licht, der Pont Alexandre III mit seinen Figuren im Brückengeländer – und schließlich der Blick, der die Wohnung hier oben für jeden Pariser, der nicht Millionär war, unbezahlbar machte: Der Eiffelturm ragte in den Himmel, von hier sah er aus wie ein fein ziseliertes Spielzeug.

Lacroix liebte diese einhundert Quadratkilometer Schönheit, diese Stadt, die einstmals die Hauptstadt der Welt war und bis heute die Herzen aller Kunstbegeisterten, Architekturfreunde, ja, aller Liebenden höherschlagen ließ.

Wie wäre es wohl, hier oben zu wohnen, fragte er sich. Jeden Morgen mit diesem Anblick aufzuwachen, vor diesem Panorama einzuschlafen. Und dann dachte er sich zurück ans Fenster seiner Wohnung in der kleinen Marktstraße Rue Cler und fand, dass dieser kleine Ausschnitt von Paris, die schwatzenden Händler, das Geschrei des Fischmannes, das Rattern der Mülltonnen auf dem Pflaster noch schöner war, für ihn zumindest.

Er wandte sich um und ging ein paar Schritte durch den großen Raum, der ganz in Weiß gehalten war: weiße Designermöbel, ein weißes Loungesofa, nur der blitzende Kronleuchter brach den Stil. Seine Stimme hallte durch den kargen Raum.

»Sie sagten eben *wegen so einer Sache,* und ich frage mich, was das bedeuten soll, Madame?«

Sie sah ihn ein wenig verlegen an und wandte den Blick ab.

»Die Frau, die genau wie Sie bald einen de Touquet geheiratet hätte, ist gestorben. Macht Sie das nicht betroffen?«

»Ehrlich gesagt kannte ich sie kaum.«

»Madame de Touquet, Alice Namarra wurde ermordet. Mit Arsen. Sie muss bestialisch gelitten haben.«

Sie sah ihn erschrocken an. Offenbar hatte sie niemand über die Einzelheiten informiert.

»Ermordet? Wer sollte denn so ein junges Ding umbringen wollen?«

»Das frage ich mich auch, Madame.«

Die Tür öffnete sich, und die zweite Zwillingsschwester trat ein, nun ebenfalls mit einer Jeans und einem schwarzen T-Shirt bekleidet.

»Alice wurde ermordet, sagt der Commissaire.«

»Was?«

»Sie wussten das gar nicht?«, fragte Lacroix.

»Wir waren im Hotel, das wissen Sie doch. Auguste hat Artur am Morgen angerufen und gesagt, dass wir nicht noch einmal ins Landhaus kommen sollten – es sei etwas mit Auréliens Freundin. Ehrlich gesagt waren wir ganz froh darüber, nicht noch mal ins *petit château* zu müssen. Artur und Adolphe wollten arbeiten, und uns war es auch lieber, nach Paris zurückzufahren. Das Landleben macht uns ganz dösig.«

»Möchten Sie etwas trinken, Commissaire? Ein wenig aufregend ist es ja schon, einen echten Polizisten im Salon sitzen zu haben.«

»Einen *café* würde ich nehmen, haben Sie vielen Dank. Sagen Sie, wie standen Sie zu Alice Namarra? Ich spürte bei Ihnen immer eine gewisse Abneigung, wenn ich ehrlich bin.«

Die Blondine, die sitzen geblieben war, schnaufte verächtlich.

»Das haben Sie doch wohl gesehen, oder nicht?«

Lacroix schwieg.

»Dass sie ganz anders ist als wir. Sie passt doch da überhaupt nicht rein, in diese große alte Familie.«

Und die andere rief aus der offenen Küche, während die Bohnenmühle schnarrte:

»Sie hat es einfach zu sehr gewollt!«

»Was meint Ihre Schwester damit?«

»Na, sie kam aus Australien und hat Aurélien gerade mal für ein paar Wochen gekannt. Dann reisten sie zu einem Abendessen mit uns nach Giverny, und diese Frau verhielt sich, als wäre sie mit uns allen schon seit

Jahren bekannt. Es wirkte, als ob sie gar nicht abwarten könnte, dass er ihr den Ring ansteckt.«

»Und es störte Sie, dass Mademoiselle Namarra plante, ein Teil Ihrer Familie zu werden?«

Die junge Frau stellte den *café* vor Lacroix ab und setzte sich dann auf die weiße Sessellehne neben ihre Schwester.

»Sie hat sich aufgeführt, als wären wir beste Freundinnen. Immer wollte sie uns umarmen oder vertrauliche Gespräche mit uns führen. Und auch noch auf Englisch, ihr Französisch war nicht besonders gut. Das war uns einfach zu viel.«

»Aber als wir nicht darauf eingegangen sind, hat sie sich davon nicht beirren lassen.«

»Ja, eine richtige Klette«, stöhnte die Erste.

»Dabei ist Aurélien so nett. Aber dass er sich so eine anlacht ...« Sie überlegte. »Ach, der arme Aurélien. Wie es ihm jetzt wohl geht?«

Die Tür wurde heftig geöffnet, und die beiden Männer traten hintereinander in den Raum, beide gleichermaßen außer Atem. Sie mussten hergerast und dann auch noch nach oben gerannt sein, so schien es.

»Wie kommen Sie dazu, uns hier zu überfallen?«

»Ja, Commissaire, das ist doch unerhört, wir sind unbescholtene Bürger ...«

»Nehmen Sie Platz, meine Herren«, sagte Lacroix, »Sie werden sich nicht wundern, wenn ich sage, dass ich einen Mordfall untersuche und es dabei auf jede Minute ankommt. Also ...«, er wies auf die wenigen freien Sitzgelegenheiten.

»Ich hab doch gesagt, dass etwas nicht stimmt. Dass es wirklich Mord war. Hab ich es gesagt oder nicht, Adolphe?«

Der jüngere Zwilling nickte. Betreten setzten sie sich auf das Sofa und schauten zu Boden wie Schuljungen.

»Alice Namarra wurde in der Nacht von Aurélien tot aufgefunden.«

Die beiden Männer senkten zeitgleich die Augen und schüttelten die Köpfe.

»Ich würde gern wissen, ob Ihnen gestern Abend etwas aufgefallen ist. Es ist gut vorstellbar, dass im Essen oder in den Getränken die Ursache für Alice' Tod lag, denn die junge Frau wurde vergiftet. Mit Arsen.«

Lacroix gab den Worten einen dramatischen Unterton. Die beiden Brüder waren tatsächlich eine Spur blasser geworden.

»Etwas aufgefallen?« Rhetorisch geschulte Menschen wiederholten seine Fragen gerne, um Zeit zu gewinnen, dachte Lacroix. »Da muss ich überlegen, aber eigentlich, nein ...«, sagte Artur in nachdenklichem Ton. »Wir haben gegessen und getrunken, Monsieur. Sie waren doch auch dabei, ist Ihnen denn nichts aufgefallen? Sie sind doch ausgebildet in so etwas.«

Lacroix entschied, dass er die leichte Vergiftung der alten Madame de Touquet vorerst für sich behalten wollte.

»Alice ging's gestern Abend hervorragend«, bemerkte die Blondine, die noch immer auf der Sessellehne saß. »Sie war vorlaut wie immer.«

Adolphe sah seine Frau von der Seite schief an.

»*Messieurs-dames,* Sie wussten, dass Aurélien das Opfer in Kürze heiraten wollte?«

»Was? Hat sie etwa zugestimmt?«, rutschte es Arturs Frau raus.

»Wer? Ihre Schwiegermutter?« Lacroix sah die Frau scharf an. »Ja, sie hat zugestimmt.«

Die junge Frau schien weitere Worte, die ihr auf der Zunge lagen, hinunterzuschlucken.

»Wir wussten, dass es Aurélien ernst war mit ihr, auch wenn ich persönlich mehr als erstaunt darüber war«, sagte ihr Mann.

»Warum denn, Monsieur de Touquet? Alice Namarra war doch eine sehr attraktive und auch freundliche Frau, so, wie ich sie kennengelernt habe.«

»Commissaire, ich finde es doch ein wenig anmaßend, dass Sie zweimal in unser Haus kommen und glauben, danach ein Psychogramm unserer Familie erstellen zu können. Sie mögen ein guter Ermittler sein, wie man hört, aber die Kreise, in denen Sie sonst verkehren, haben mit den unseren doch nicht so viel gemein, *n'est-ce pas?*«

»Erzählen Sie mir doch bitte, welches Bild Sie von Alice Namarra hatten«, gab Lacroix zurück, ohne auf die Provokation einzugehen.

»Ganz ehrlich?«, begann Adolphe seine Einleitung, und Lacroix schwante Übles. »Sie war eine Beifall heischende junge Frau, die in höchstem Maße von sich überzeugt war, der es aber an jedem – nun ja – Esprit fehlte. Und an dem Benehmen, das in unseren Kreisen unbedingt verlangt wird.«

»Schätzen Sie die Menschenkenntnis Ihres Bruders so schlecht ein?«

»Aurélien war hin und weg. Sie muss ihn in Australien dermaßen um den Finger gewickelt haben … Wie auch immer – ich habe mehrmals versucht, mit ihm zu reden, aber es war ganz und gar zwecklos. Er war blind vor Liebe, wie ich es noch nie erlebt habe. Es ist genau das passiert, wovor unser Vater uns immer gewarnt hat. Eine Frau, die das Geld riecht, das Geld und den guten Ruf. Und dann fällt ausgerechnet unser Nesthäkchen auf diese Frau herein. Sie müssen wissen, Commissaire, Aurélien war ein Tausendsassa. Vor Alice hat er nichts anbrennen lassen, in diesen Künstlerbars treiben sich eben auch immer wieder besonders … nun ja, attraktive Damen herum.«

»Adolphe«, schalt ihn seine Frau leise, doch er fuhr fort:

»Wir dachten, er bindet sich nie. Er hat – nun ja – ein beneidenswert freies Leben geführt. Und dann kam dieses … Mädchen, und schon hatte sie ihn an der Angel, und er zappelte daran wie ein halb toter Fisch.«

»Obwohl sie …«, übernahm nun Artur in Denkerpose das Wort, »auch vernarrt in ihn war. Ich erzähle Ihnen das jetzt ganz im Vertrauen. Aurélien ist ein guter Künstler, sicher. Ich habe davon ja nicht viel Ahnung, aber er wurde ausgestellt, in kleinen und in mittleren Häusern. Der große Durchbruch wollte sich nicht einstellen. Doch vor drei oder vier Monaten hat er angefangen, eine richtig große Ausstellung zu planen, mit der er ins Grand Palais wollte – oder in ein anderes bekanntes Museum. Allerdings fehlte ihm Geld.« Er lehnte sich zurück, was in eine dramatische Pause mündete. »Viel Geld. Und da schien es mir, als hätte Alice es sich zu ihrer Aufgabe gemacht, für Aurélien einzustehen, koste es, was es wolle. Ich weiß es nicht sicher, aber ich glaube, sie ist sogar zu Maman gegangen, um für Aurélien um Geld zu betteln.«

»Was?«, fragte seine Frau. »Warum hast du denn nichts erzählt?«

»Um wie viel Geld ging es denn?«, fragte Lacroix.

»Ich weiß es nicht mit Sicherheit, aber ich habe gehört, um eine halbe Million.«

Im Raum hätte Lacroix nun eine Stecknadel fallen hören können – die anderen saßen alle mit offenem Mund da und starrten Artur an. Über die ganz wichtigen Dinge war offenbar noch nicht gelästert worden.

»Wollte Ihre Mutter Aurélien das Geld geben?«

Artur lachte höhnisch.

»Maman hat ein sehr striktes Prinzip: kein Geld, das wir uns nicht selbst verdienen. Das galt sogar für ihren Liebling Aurélien. Ich glaube, sie will ihre Millionen mit unter die Erde nehmen.

Sie hat es ja nie deutlich gesagt, aber sie hielt Alice für die falsche Wahl. Für Aurélien hat sie sich immer ein besonderes Mädchen aus gutem Hause gewünscht. Nicht so eine Känguru-Lady. Wenn Alice dann wirklich um die Ecke kam und Geld für Aurélien erbettelt hat, Mann, da wäre ich wirklich gern dabei gewesen.

Es war ja auch nicht so, dass Aurélien die Ausstellung dringend zum Überleben brauchte. Nein, da hätten es andere viel dringender nötig – aber die kriegen auch nichts.«

»Was meinen Sie damit, Monsieur Artur?«

»Ach, Sie kennen ihn ja nicht, das habe ich vergessen. Wenn Sie Auguste früher gekannt hätten, da war er ein absolut einnehmender Typ. Von sich überzeugt von der Ferse bis zur Haarspitze, ein echter Player. Hat in seiner Großbank die Millionen gescheffelt, und Aurélie hat alles gleich wieder ausgegeben. Als die Krise kam, hat er gedacht, er sei unantastbar. Bis er vor sechs Monaten hochkant rausgeflogen ist. Einsparmaßnahmen – und er war in der ersten Runde dabei. Stellen Sie sich mal vor, wie das an seinem Selbstbewusstsein gekratzt haben muss. Er dachte, er findet ganz schnell was Neues. Aber offenbar hat er sich bei der Bank verpokert. Keiner wollte ihn mehr.« Nun beugte sich Artur vor und senkte seine Stimme, als gäbe er ein Geheimnis preis. »Sie mussten London verlassen, weil die Stadt viel zu teuer war. Nun leben sie hier in Paris – in einer Pension. Was für ein Absturz. Vor zwei Monaten hat er Maman um Geld gebeten, in dieser außergewöhnlichen Situation müsse sie ihm helfen. Er hat sie heimlich gefragt, und sie hat versprochen, es sich zu überlegen. Ihr muss klar gewesen sein, dass er es diskret handhaben wollte.«

Lacroix spürte, wie angespannt er war. Wie ging diese schreckliche Geschichte aus? Er ahnte es schon – aber – das konnte doch nicht sein …

»Und dann, stellen Sie sich vor, da sitzen wir beim Sonntagsmahl, ich weiß noch, es gab Lammschulter, sie war ausgezeichnet. Doch nach dem Essen, als alle glücklich und müde waren, da steht Maman auf und erzählt uns allen die Geschichte von Augustes Scheitern und sagt ihm mit einem Lächeln im Gesicht, dass er natürlich kein Geld bekommen würde. Ihre Regel gelte für alle gleichermaßen – und das werde ihm wohl eine Lehre sein.«

Sein Bruder atmete schwer und fuhr fort: »Ich mag Auguste nicht, aber das ... das hat er nun auch nicht verdient. Er ist aufgestanden und rausgerannt, mit Tränen in den Augen, so gedemütigt war er. Ich habe ihn noch nie weinen sehen, meinen großen Bruder. Aurélie hätte Maman am liebsten den Hals umgedreht, das hab ich in ihren Augen gesehen. Ich glaube, Auguste ist in Wahrheit ziemlich einsam.«

Lacroix sah sich in der riesigen Wohnung um und fragte sich, ob es stimmte, dass es besonders an solchen Orten großen Reichtums sehr viel Leere gab – Leere und Einsamkeit.

»Wie stehen Sie eigentlich zu Ihrer Mutter? Gibt es auch ohne Geldprobleme Grund zur Klage?«

Artur grinste.

»Wie war denn Ihre Mutter, Commissaire?«

»Meine Maman war eine sehr freundliche Frau, die gern das ganze Dorf aus dem Fenster heraus unterhalten hat. Sie war eine Reiterin, wie so viele Frauen in Senlis. Und sie war eine sehr gute Mutter für uns Söhne.«

»Ah, Pierre, der Priester, ich erinnere mich. Sehen Sie, Commissaire, unsere Maman – oder Madame de Touquet, wie wir sie des Öfteren nennen – war eher nicht die

Art Frau, die mit uns mit Bausteinen gespielt oder gekuschelt hat.« Adolphe musste lachen, aber es klang nicht fröhlich, dieses Lachen. »Wir wurden weggeschickt, als wir noch sehr klein waren, aufs Internat. Unsere Mutter hat uns tatsächlich auf verschiedene Internate geschickt – können Sie sich das vorstellen? Wir hatten wenigstens uns, Adolphe und ich. Auguste hatte niemanden. Viermal im Jahr durften wir für eine Woche nach Hause plus die langen Sommerferien. Aurélien aber war immer zu Hause, er durfte bei ihr leben, der kleine Prinz. Es war … na ja, vielleicht hat es uns auch härter gemacht, ich weiß es nicht. Und ich verdanke es meiner Therapeutin, dass ich mittlerweile ohne großen Groll über diese Sache sprechen kann. Früher, als wir im Bett lagen, Adolphe und ich, haben wir oft überlegt, wie wir es Aurélien und ihr irgendwann heimzahlen können.«

Er atmete einmal tief durch, dann sah er Lacroix durchdringend an.

»Na, Commissaire, hätten Sie auch nicht gedacht, dass in so feinem Hause derlei Abgründe lauern, oder? Aber ich mache da kein Geheimnis draus, ich rede es mir einfach von der Seele. Sie sind ja zur Verschwiegenheit verpflichtet, oder?«

»Natürlich sind diese Dinge bei mir sehr gut aufgehoben«, sagte Lacroix. »Ich fühle mit Ihnen, ich kann mir vorstellen, dass das eine sehr besondere Kindheit war.«

»Nur kein Mitleid, Commissaire. Wir sind reiche Leute, und nun sind wir ja auch nicht mehr alleine. Mit unseren Kindern werden wir es sicher besser machen … Ach, lassen wir das.«

Die beiden Frauen schauten ihre Männer nun schweigend und beinahe verliebt an.

»Ich danke Ihnen für den Moment, *Messieurs-dames*. Ich bitte Sie, sich zu unserer Verfügung zu halten. Soll heißen: Verlassen Sie die Stadt nicht. Einverstanden?«

Alle vier nickten.

Lacroix stand auf und verabschiedete sich, dann trat er in den leeren Lift und schloss für einen Moment die Augen.

Was für Abgründe, in der Tat. Er empfand wirklich Mitleid für Adolphe und Artur. Und er begriff, warum sie so hart und böse aufgetreten waren, als er sie kennengelernt hatte. Was ihn aber wirklich beunruhigte, war der untergründige Hass, der offenbar jedem Mitglied der Familie zu eigen war – der Hass auf eine alte Frau in einem großen Haus in Giverny.

22

»*Mon commissaire*«, rief Yvonne Abeille, »ich wollte schon eine Suchanzeige aufgeben.«

Als er durch die vertraute Glastür mit den Messingbeschlägen eintrat, wirbelte sie gerade durch den Gastraum und wischte die alten Holztische ab. Das Mittagsgeschäft war am Ausklingen, nur noch wenige Tische waren besetzt.

»Lacroix«, rief auch Alain von der Bar, »der verlorene Sohn.«

Der Commissaire umarmte den alten Gemüsehändler, der seinen gegenüberliegenden Laden in den heißen Mittagsstunden immer seinem Sohn überließ.

»*Mes amis*«, sagte Lacroix und stellte sich an seinen geliebten *zinc,* den breiten Tresen aus Zink mit den kleinen Ornamenten im Metall.

»Was darf's sein, Commissaire?«

»Ein *demi,* s'il te plaît«, sagte er.

Yvonne stapfte hinter ihren Tresen und griff ein Glas, um es aus dem Meteor-Zapfhahn zu befüllen. Das Bier aus dem Elsass war sehr leicht und frisch, genau das Richtige für einen heißen Tag.

»Was macht meine Stadt? Wie laufen die Geschäfte?«

»Unglaublich, wie viel Gemüse die Leute essen«, antwortete Alain lachend. »Diese Gesundheitswelle macht mich noch zum Millionär. Ich hoffe nur,

Yvonne mit ihren dicken Steaks geht wegen mir nicht pleite …«

»Ach, Alain, solange du kommst, reicht es für die Miete«, scherzte die Wirtin, und alle drei lachten. Sie reichte das Glas über den Tresen, doch bevor Lacroix ansetzen konnte, wandten sich alle Blicke zur Tür, weil dort ein großer weißer Wagen mit Blaulicht und der Aufschrift *Police* hielt.

»*Mon dieu*, das hätte ich ja fast vergessen«, sagte Lacroix wie zu sich selbst und warf einen Blick auf die Uhr überm Tresen. Pünktlich auf die Minute. »Verzeiht, meine Lieben, die Arbeit ruft.«

Zwei Beamte führten Auguste de Touquet ins Bistro. Die Polizistin ging vor ihm, der andere Uniformierte hinter ihm, sodass der älteste Touquet-Sohn aussah wie ein Häftling. Lacroix begrüßte die Beamten.

»Bringen Sie ihn an den Tisch dort hinten. Ich komme gleich.«

»Brauchen Sie uns, Commissaire? Sollen wir aufpassen?«

»Nicht nötig, *merci*«, sagte Lacroix und zu Yvonne: »Zapf mir bitte noch eines, ja?«

Er nahm die beiden Biergläser, ging zu dem Tisch am Ende des Gastraums und setzte sich auf die mit rotem Leder bespannte Bank genau gegenüber von Monsieur Auguste. Er nickte den beiden Polizisten zu, die daraufhin salutierten und das Bistro verließen.

In der Tat: Auguste de Touquet hatte nichts Gebieterisches mehr an sich. Er saß da wie ein Schluck Wasser und ließ den Kopf hängen.

»Hier«, sagte Lacroix und schob das Glas auf die andere Seite des Tisches. »Sie haben sicher Durst und können das hier gut gebrauchen.«

Er nahm sein Glas, und Auguste erhob seines, sie stießen an und tranken. Ein Zuschauer hätte meinen können, hier säßen zwei entfernte Bekannte, die sich auf ein Feierabendbier trafen.

Lacroix spürte, wie ihn die Kühle des Bieres belebte. Er nahm noch einen Schluck, dann setzte er ab. Gerne hätte er jetzt vor dem Café gesessen und eine Pfeife geraucht, denn drinnen ging das nicht. Auch wenn Yvonne ihren Stammgästen einiges durchgehen ließ – das Rauchverbot war für alle hier eisernes Gesetz.

Draußen sitzen war unmöglich – die Unterhaltung war zu pikant, der Ausgang zu offen.

»Ich krieg ihr Bild nicht aus dem Kopf«, sagte Auguste nach einer Weile, und seine Stimme kam wie aus weiter Ferne. »Wie sie dalag. Und dieser Geruch, es war … Sie kennen das sicher nicht mehr, Sie müssen zu viele Leichen sehen.«

Doch Lacroix schüttelte den Kopf. »Nein, ich muss Ihnen sagen: Es wird nie leichter, nicht für mich jedenfalls.«

»Es ist merkwürdig: Mir scheint es, als hätte sich das Bild schon so tief eingebrannt, dabei ist es ja erst heute Morgen passiert, dass ich sie gefunden habe. Ich habe die Tür aufgebrochen, und da lag sie und war so schrecklich verkrampft. Das arme Kind.«

»Es war ein langer Todeskampf«, sagte Lacroix. »Das Arsen muss in einer so hohen Dosis verabreicht worden sein, dass sie vor Krämpfen und Schmerzen wohl nicht mal mehr um Hilfe schreien konnte.«

»Warum erzählen Sie mir das? Warum wollen Sie mich noch mehr schockieren?«

»Weil ich versuche herauszufinden, was Sie mit dem Tod von Alice Namarra zu tun hatten, Monsieur Auguste.«

Der Mann betrachtete Lacroix' Gesicht lange und prüfend.

»Da ich Sie als Einziger in unserer Familie wohl nicht unterschätze, Monsieur Lacroix, bin ich mir sicher, dass Sie längst wissen, wie es um mich steht. Und warum wir nicht in London sind, sondern Ihre Kollegen mich in einem schäbigen Hotel am Gare de l'Est verhaften. Deshalb muss ich Ihnen wohl nichts vormachen. Und ich weiß auch, dass es immer die sind, die schon am Boden liegen, die besonders verdächtig sind für jede Art von Schweinerei.«

»Wenn jetzt ein Geständnis folgen würde, Monsieur Auguste, würden Sie mich dennoch überraschen«, sagte Lacroix und griff sich an die Schläfen, die plötzlich schmerzten.

»Sie haben recht, ich habe nichts zu gestehen.«

»Sie wollten also nicht Ihre Mutter töten?«

»Doch, das würde ich sehr gerne. Aber da ich kein Psychopath bin, kann ich es nicht.«

»Sie hätten Gründe?«

»Commissaire, ich bitte Sie, Sie haben meine Mutter erlebt. Ich kenne keinen, der mehr als drei Tage mit ihr verbracht hat und ihr hinterher nicht den Hals umdrehen wollte. Selbst mein Vater wollte das, doch sie war schneller.«

Er versuchte zu lachen, aber in seinen Augen lag nicht einmal die bittere Heiterkeit des Zynismus.

»Sie glauben also, Alice war nicht das Ziel des Giftanschlags?«, fragte er.

Lacroix zuckte mit den Schultern.

»Es erscheint mir wahrscheinlich, dass Ihre Mutter das Ziel war. Aber dass auf irgendeine Art und Weise das Gift eben nicht ihr, sondern Alice verabreicht wurde.«

»Wir haben alle das Gleiche gegessen.«

»Aber, wenn Sie sich recht erinnern, Monsieur, haben nur Ihre Mutter und Alice je ein Glas feinen Whiskys getrunken.«

»Sie meinen, die Gläser wurden vertauscht?« Auguste überlegte. »Aber ich erinnere mich, dass es Alice war, die die Flasche geholt und eingeschenkt hat. Dann hätte ja Alice …«

»Daran habe ich auch schon gedacht, Monsieur Auguste. Es ist nun aber so, dass ich innerhalb der Familie bisher nur Monsieur Aurélien darüber ins Bild gesetzt habe, warum ich bei Ihnen zu Gast war. Ihnen würde ich es nun aber auch sagen.«

»Nun reden Sie schon.«

Lacroix betrachtete seine Finger auf dem Tisch. Er war im Begriff, eine Wette einzugehen, die er nicht sicher gewinnen würde. Dennoch: Er musste vorangehen, sonst würde der Albtraum für diese Familie nie enden.

»Ihre Mutter wurde vergiftet, mit Arsen. In sehr

niedrigen Dosen. Deshalb war es eine ganz langsame Mordmethode. Ihre Mutter ist misstrauisch geworden, weil es ihr immer schlechter ging. Deshalb hat sie sich noch in Paris an mich gewandt. Ich habe sie untersuchen lassen, und dabei haben wir das Arsen gefunden.«

»Meine Mutter sollte vergiftet werden? Das glaube ich ja nicht. Wer würde sich das trauen?«

»Das frage ich mich auch.«

Lacroix sah zur Bar und zeigte auf sein Bierglas. Yvonne nickte ihm zu.

»Haben Sie einen Verdacht?«

»Sie haben es gerade selbst gesagt: Alice war die Einzige, die das Glas in der Hand hatte. Neben Ihrer Mutter. Doch welches Motiv sollte eine fünfundzwanzigjährige Australierin haben, ihre künftige Schwiegermutter umzubringen – auf eine so komplizierte Art und Weise?«

»Sie hatte absolut nichts Böses an sich.«

Er sagte das ohne ein Zögern.

»Ihre Brüder meinen, sie habe Ihre Mutter um Geld angefleht, für eine große Ausstellung, die Aurélien plante.«

»Davon hab ich gehört. Nur jemand, der nicht zur Familie gehört, würde sich da Hoffnungen machen.«

»Sie selbst, Monsieur, haben sich doch auch Hoffnungen gemacht?«

Yvonne brachte die zwei Bier, doch diesmal stießen die beiden Männer nicht an.

»Nein, das stimmt nicht, Commissaire. Keine Hoffnung. Ich wusste, dass ich nichts kriegen würde. Ich wollte es in meiner tiefen Verzweiflung trotzdem versuchen, indem ich an ihren Familiensinn appellierte. Was sie davon hielt, hat sie mich wissen lassen, als sie meine Niederlage vor der gesamten Familie ausgebreitet hat. Ich glaube, die Frauen von Artur und Adolphe kommen bis heute vor Lachen nicht in den Schlaf.«

»Hassen Sie Ihre Mutter sehr?«

»Ich bin traurig darüber, dass andere im Alter milde werden – sie aber nicht. Das ist schade. Ich hätte gerne wenigstens für ein paar Jahre eine echte Mutter gehabt.«

Auguste ließ seine Augen auf dem Commissaire ruhen.

»Aber wissen Sie, was wirklich zu ihr passt? Dass sie spürt, dass ihr einer ans Leder will, ihren eigenen Mordanschlag aufdeckt, den bekanntesten Polizisten Frankreichs als Privatermittler engagiert – und dann stirbt jemand anders. Das passt so gut zu ihr, dass ich gar keine Worte dafür finde.«

Dann lachte er sein heiseres und tiefes Lachen.

23

Die Stadt lag im Nachmittagsschlaf. Während die Touristen sich vor den Sehenswürdigkeiten die Beine in den Bauch standen, war hier am Ufer der Seine kaum etwas los, weil die Pariser immer noch die Strände im Süden und Westen bevölkerten.

Lacroix hatte hinter der Metrostation Jussieu die Abkürzung durch den Jardin des Plantes genommen, nun ging er über den modernen Pont Charles-de-Gaulle, an dessen Seite die Metros der Linien 5 und 10 vorüberrumpelten.

Noch im Chai hatte Paganelli angerufen und ihm mitgeteilt, dass Aurélien de Touquet in einer Stunde von Alice Abschied nehmen würde – in der Gerichtsmedizin des Docteur Obert. Lacroix trat durch die vertraute Tür des Institut médico-légal, wieder umfing ihn die Kühle, und er atmete auf.

Er ging den Weg in den Keller mit einem schlechten Gefühl im Bauch. Monsieur Auréliens Abschied würde schwer werden – und irgendetwas beunruhigte ihn, wenn er an den jungen Mann dachte.

Zudem fürchtete Lacroix den Abend im La Coupole, und er vermisste Dominique. Er hatte so viele Gespräche geführt, über die er gern ihre Meinung gehört hätte, aber das würde bis mindestens morgen warten müssen.

Er trat in den Sektionsraum. Docteur Obert kam

eben aus dem Nebenraum, ein Sandwich in der Hand. Ohne Lacroix' Kopfschütteln abzuwarten, sagte er: »Noch nichts Richtiges gegessen heute, da Sie mich ja so durch die Gegend jagen, Commissaire.«

»Ich habe kein Wort gesagt«, bemerkte Lacroix. »Es ist schließlich Ihr Arbeitsplatz ...«

»Also, hier haben wir die arme Mademoiselle«, sagte Docteur Obert, legte sein Sandwich ab und führte ihn zu einem der drei metallenen Tische in der Mitte des Raums.

Alice Namarra war nicht mit einem Tuch bedeckt. Lacroix konnte seinen Blick nicht abwenden. Der Gedanke drängte sich ihm auf wie eine magnetische Reaktion: Wie sehr sich diese leere Hülle von der jungen lebendigen Frau unterschied, die er im Garten von Claude Monet sofort gemocht hatte, die so voller Vorfreude und Lebenslust gewesen war. Nun war ihre Seele gegangen. Der Körper war grau und leer. Warum hätte sie Madame de Touquet umbringen sollen? Warum? Ihn packte der Zorn.

»Erzählen Sie schon, Docteur«, mahnte er zur Eile.

Der Pathologe stellte sich neben ihn und sprach sehr ruhig und sachlich.

»Alice Namarra war in einem sehr guten körperlichen Allgemeinzustand. Keine Hinweise auf Drogen- oder übermäßigen Alkoholkonsum in den letzten Jahren. Mit anderen Worten: Sie war kerngesund. Doch die Menge an Arsen, die sie kurz vor ihrem Tod zu sich genommen hat, hätte auch die halbe Fußballmannschaft von PSG getötet, ohne jeden Zweifel. Die Dosis war viermal höher als nötig: Ich habe in der Blutprobe einen Nachweis gefunden, der hochgerechnet auf ihr Blut eine Menge von vierhundertfünfzig Milligramm Arsen ergibt. Schon hundert wären tödlich gewesen.«

»Da wollte also jemand auf Nummer sicher gehen.«

»Auf Nummer todsicher.«

»Ansonsten Auffälligkeiten?«

»Nichts. Kein Missbrauch, kein gewalttätiger Geschlechtsverkehr, nichts. Eine gesunde junge Frau. Die locker hätte hundert werden können. Verdammtes Arsen.«

Auch Docteur Obert ließ dieser plötzliche Tod nicht kalt.

»Ist festzustellen, ob das verwendete Arsen identisch ist mit dem, das Sie in den Proben von Madame de Touquet festgestellt haben?«

Docteur Obert schüttelte den Kopf.

»Das ist nicht zu sagen. Arsen ist Arsen. Nur das kann ich feststellen, Unterschiede in der Verbindung sind nicht nachzuweisen. Das geht rein chemisch nicht. Das Gift in dem Döschen kann das Gleiche sein wie das in der sichergestellten Flasche – muss aber nicht.«

»Und im Calvados oder im Whisky?«

»Nichts. Gar nichts. Sie waren lupenrein, nur bester Apfelschnaps und eben Whisky. Kein Vergleich zu der Flasche aus Madame de Touquets Wohnung.«

»Verdammt. Dann haben wir nichts?«

»Doch. Etwas, was mir Kopfzerbrechen bereitet.«

»Nun sagen Sie schon, Docteur.« Warum wand er sich denn so, fragte sich Lacroix.

»Ich habe Alice Namarras Fingerabdruck gefunden. Klar und deutlich. Sie hat die Dose mit der Rose in der Hand gehabt.«

Lacroix betrachtete das Gesicht mit den geschlossenen Augen und schüttelte den Kopf.

»Also war sie es, die Madame de Touquet vergiften wollte.«

Docteur Obert nickte.

»Es muss schrecklich gewesen sein, als sie ihren Irrtum bemerkte. Die Glasverwechslung. Sicher spürte sie schon, dass es zu Ende gehen würde, als die Schmerzen einsetzten.«

»Und dann tat sie nichts? Obwohl sie wusste, dass es ein Gegenmittel gibt? Das hatte sie sicher recherchiert, als sie sich für dieses Gift entschied?«

»Bei der Menge, mein lieber Lacroix, hätte das Gegengift keine Chance gehabt. Null. Es wäre viel zu spät gekommen. Sie wollte, dass die Madame in der vergangenen Nacht sicher das Zeitliche segnet.«

»Eins ist merkwürdig. Warum sollte sie die Taktik ändern? Die langsame Vergiftung wäre doch ausreichend gewesen, um Madame de Touquet mittelfristig aus dem Weg zu räumen. Warum dann auf einmal diese drastische Art? Die Erhöhung der Dosis? So ist es doch viel auffälliger.«

»Vielleicht war sie nervös geworden, weil Sie gekommen sind, Commissaire. Ein Polizist in der Nähe, da wollte sie schnell sein.«

»Möglich. Oder sie musste dringend handeln, weil sie ein äußeres Ereignis dazu zwang.«

»Sind andere Fingerabdrücke auf der Dose?«

»Fehlanzeige. Keine.«

»Kaum zu glauben«, sagte Lacroix.

»Hier habe ich die Habseligkeiten der jungen Frau.«

Docteur Obert hob eine Kiste der Spurensicherung an und reichte sie Lacroix.

»Nehmen Sie mit, was Sie brauchen. Es gibt keine weiteren Spuren auf den Sachen, außer Fingerabdrücke von ihr und von Monsieur Aurélien. Die Police nationale hat ihm noch in Giverny Fingerabdrücke abgenommen. Wohl doch nicht so verschlafene Landeier …«

»Das süße Leben spielt sich auf dem Lande ab, das wissen Sie doch, Docteur.«

»Nicht mein süßes Leben«, sagte Obert. »Wenn Sie etwas nicht für die Ermittlungen benötigen, übergebe ich es nachher dem Verlobten. Er wird sicher Erinnerungen an seine Freundin haben wollen.«

Lacroix nickte und ging mit der Kiste aus dem Raum, um im kleinen Vorraum den Inhalt zu prüfen. Alles war in einem großen Rucksack gewesen, einer, der von jungen Leuten zum Reisen benutzt wurde. Es gab eine ganze Reihe Kleidungsstücke, Kleider, Jeans, kurze Hosen, Shirts. Eins von diesen modernen Handys, die alles konnten. Make-up, Lippenstift, einen Kajalstift. Eine Sprühflasche mit Thermalwasser von Evian für das Gesicht. Lacroix schüttelte den Kopf. Wasser zum Sprühen. Was für ein Unsinn. Ein rosafarbenes Seidentuch. Zwei Tampons. Eine Geldbörse mit wenig Bargeld, darunter auch australische Dollar, die Lacroix noch nie zuvor gesehen hatte. Und zu guter Letzt pfiff er leise durch die Zähne. Ein Notizbuch. Moleskine, blauer Einband, stark zerschlissen, A6-Größe. Er öffnete das blaue Büchlein und schlug es in der Mitte auf, es war eng beschrieben. Mit Tagesangaben und in schöner weiblicher Schrift.

Lacroix spürte, wie er den Atem anhielt. Ein Tagebuch.

Er steckte das Buch in die Innentasche seines Sommermantels und sah auf die Uhr an der Wand. Es würde nicht mehr lange dauern. Und richtig: Nach einer Minute des Wartens öffnete sich zaghaft die Tür in der oberen Etage, Lacroix hörte das leise Quietschen. Kurz drangen das Vogelgezwitscher und das Rauschen des Verkehrs auf dem Quai de la Rapée zu ihm herunter. Wenige Momente später erschien Aurélien auf der Treppe.

»Monsieur de Touquet«, sagte Lacroix und ging auf ihn zu. »Kommen Sie bitte. Sind Sie bereit?«

Aurélien schüttelte den Kopf.

»Ich glaube, ich kann dazu nie bereit sein. Aber … ich will sie sehen, noch einmal sehen.«

Docteur Obert trat aus der Tür, er hatte die Leiche zur Abschiednahme vorbereitet, sie mit einem Tuch und einer Decke bedeckt und ihr Gesicht hergerichtet.

»Bitte«, sagte Lacroix und wies auf die Tür, Docteur Obert ging voraus, Aurélien folgte ihm, doch der Commissaire blieb draußen stehen und beobachtete die Szenerie durch die Scheibe.

Monsieur Aurélien stand mitten im Raum, für einige schier endlose Momente, er bewegte sich nur ganz langsam auf Alice zu, immer wieder hielt er inne. Dann blieb er neben dem Tisch stehen, die Hände starr neben dem Körper, den Blick auf ihr Gesicht gerichtet, auf die Schultern, die Schlüsselbeine, die unter der Decke hervorschauten.

Er schüttelte immer wieder den Kopf, dann endlich berührte er sie, ihre Haut, ihre Schulter, ihr Gesicht. Lacroix hörte sein Schluchzen bis nach draußen. Er wandte sich ab.

Eine halbe Stunde später saßen sie auf der Bank im Garten des Institut médico-légal. Der junge Mann sah zu Boden und rauchte eine Zigarette, Lacroix rauchte seine Pfeife, die bereits sehr heiß war. Er ließ Aurélien die Zeit, die er brauchte. Als der junge Mann den Blick hob, sagte Lacroix leise:

»Erzählen Sie mir vom Moment Ihres Zusammentreffens in Australien. Ihrer ersten Begegnung. Wenn Sie das können.«

Auréliens Körper spannte sich, als brauchte er sehr viel Kraft, um in die Vergangenheit zu reisen.

»Ich erinnere mich an jede Sekunde«, sagte er tonlos. »Ich hatte gerade mit dem Galeristen die Ausstellung eröffnet, er hatte ewig geredet. Ich konnte ihn aber nicht unterbrechen. Wir standen dort vorne, umringt von den Gästen, es war sehr voll. Dann fingen alle an, sich zu bewegen, herumzulaufen. Ich hab zum ersten Mal den Blick schweifen lassen, als wäre ich aus einem Tunnel erwacht. Da trafen sich unsere Blicke, einmal quer durch die Galerie, und es war wie ein Schlag. Erst hat sie mich fragend angesehen, dann hat sie gelächelt, und ich musste zurücklächeln, weil sie so schön war. Daraufhin hab ich mich angeschlichen, und auf der Hälfte des Weges stand sie schon da. Hinterher gab sie zu, dass sie auch versucht hatte, schnell zu mir zu kommen. Wir haben uns auf halbem Weg getroffen. Unglaublich war das. Sie hat schon in dieser Nacht in meinem Hotel geschlafen, Commissaire, bevor Sie danach fragen.«

»Gab es manchmal Streit zwischen Ihnen?«

Aurélien schüttelte den Kopf, als könnte er es selbst kaum glauben.

»Ich hatte das noch nie, noch nie in meinem Leben. Die französischen Mädchen – die, die meine Mutter gerne mit mir verkuppelt hätte – waren alle so verspannt. Und dann immer dieses tagelange Schmollen und dieser Streit, ständig alles kaputtreden und so. Nein, wir haben nie gestritten. Sie war so leicht, ohne oberflächlich zu sein. Wir haben uns viel erzählt und miteinander gelacht und waren uns immer nah. Sehr nah, wenn Sie verstehen. Obwohl wir auf den Reisen ja wirklich fast nur zu zweit waren. Normalerweise bricht irgendwann die Realität ein, der Alltag – und dann sieht man die Person, in die man so verliebt ist, plötzlich mit anderen Augen. Aber bei ihr …«

»War irgendetwas an Ihrer Verlobten merkwürdig in letzter Zeit, Monsieur Aurélien?«

Aurélien kramte in seiner Erinnerung, doch wieder schüttelte er den Kopf.

»Nichts. Oder …«, Lacroix horchte auf, als Aurélien

ins Stocken geriet, »vielleicht war sie etwas aufgeregter als sonst.«

»Wieso?«

»Wegen der Hochzeit, denke ich. Wenn sie nachdachte oder mit irgendetwas klarkommen musste, zog sie sich in sich zurück und redete nicht so viel wie an anderen Tagen. In den letzten Tagen war das so. Ich habe auch diese Phasen sehr gemocht, sie blickte dann oft einfach in die Gegend. Es machte sie noch geheimnisvoller.«

»Freute sie sich auf die Hochzeit?«

»In der Nacht vor ihrem Tod flüsterte sie mir etwas ins Ohr, Commissaire. ›Das ist die glücklichste Zeit meines Lebens.‹ Das hat sie wirklich gesagt. Also: Ich denke, ja.«

»Beim Sommerfest gab es diese merkwürdige Szene. Ihre Mutter stieß sie weg, als es ihr nicht gut ging. Haben Sie beide darüber gesprochen?«

»Das war so ein Moment, in dem sie lieber geschwiegen und nachgedacht hat. Ich habe sie danach gefragt, aber sie hat mir nicht geantwortet.«

»Hat sie noch etwas zu Ihnen gesagt, letzte Nacht, nach unserem gemeinsamen *dîner?*«

»Nein. Ich war sehr betrunken, denke ich. Ich bin gleich neben ihr eingeschlafen und erst erwacht, als sie vor Schmerzen schrie.«

»Monsieur Aurélien«, sagte Lacroix und holte einen Fotoausdruck aus der Manteltasche, »kennen Sie dieses Döschen hier?«

Aurélien nickte sofort, als er die Perlmuttdose mit der aufgemalten Rose erkannte.

»Ja, darin bewahrte sie doch ihren Glückscent auf.«

»Ihren Glückscent?«

»Ihre Eltern sind bei einem Autounfall gestorben, Commissaire. An dem Tag war Alice auf dem Weg in die Schule, und … da fand sie diesen Cent. Als sie von der Polizei aus dem Klassenzimmer geholt wurde … ach, ich kann den Moment nicht vergessen, als sie mir davon erzählt hat. Jedenfalls hat sie den Cent nie wieder aus den Augen gelassen.«

Wieder traten Tränen in die Augen des jungen Mannes.

»Wissen Sie, wo Ihre Verlobte die Dose aufbewahrte?«

»In ihrem Rucksack. Immer. Sie packte sie auf den Reisen stets aus und legte sie auf den Nachttisch, wenn sie schlief. Aber, ja, stimmt, in den letzten Tagen lag sie da nicht. Nicht, als wir in Giverny waren. Ist mir gar nicht aufgefallen, aber wenn ich nun so drüber nachdenke … Wieso wollen Sie das wissen? Was ist in dem Döschen? Haben Sie den Glückscent gefunden? Ich würde ihn gerne behalten.«

»Wir benötigen ihn noch für die Ermittlung, danach können Sie ihn gerne haben.«

»Das wäre freundlich.«

»Wussten Sie, dass Alice Ihre Mutter um Geld für eine Ausstellung von Ihnen gebeten hat?«

Der Ausdruck auf Auréliens Gesicht veränderte sich schlagartig. Die Züge wurden fest, sein Blick kühl.

»Was denken Sie denn, Commissaire? Natürlich wusste ich das. Wir haben über alles geredet und alles geteilt.«

»Warum haben Sie Ihre Mutter nicht gebeten?«

»Weil ich wusste, dass es sinnlos ist. Ich kenne sie schon so lange, und ich denke, ich kenne sie besser als meine Brüder. Sie hätte mir Geld gegeben, wenn ich so pleite wäre wie Auguste. Mir schon. Oder wenn ich eine dieser reichen Schnepfen heiraten würde, die sie mir immer anempfohlen hat. Aber nicht so. Doch Alice wollte es versuchen, sie wollte, dass ich die Ausstellung kriege. Sie war total verbissen.«

»Was hat Ihre Mutter gesagt?«

»Alice wollte es mir nicht sagen. Ich habe gesagt: ›Ach komm, Alice, erzähl schon, sie hat dich bestimmt abgefertigt‹, aber meine Alice hat nur gesagt: ›Ich arbeite dran, Geliebter‹, und dann hat sie mich geküsst. Wahnsinn, ich hab sie wirklich so geliebt, meine kleine Alice, meine liebe Alice ...«

»Und Sie haben weder das Mädchen noch Madame de Touquet gefragt, was das heißen soll: ›Ich arbeite daran‹?«

Er schien einen Moment zu lange zu überlegen.

»Ich bin Künstler, ich mache Fotos, manchmal zeichne ich. Dafür bin ich in meiner Welt. *Entrückt* hat Alice das mal genannt. Ich kann nicht andauernd in der normalen Welt sein. Das geht nicht, dann könnte ich nicht arbeiten. Für mich ist die Ausstellung im Grand Palais ein Traum – natürlich. Ich hätte sie aber auch so bekommen, irgendwann. Alice wollte es anders machen – mit dem Kopf durch die Wand. So war sie. Vielleicht war sie vom Temperament her von meiner Mutter gar nicht so weit entfernt, denke ich manchmal. Natürlich war sie freundlicher, verstehen Sie das nicht falsch. Ich weiß jedenfalls nicht, was sie mit meiner Mutter besprochen hat – auf dem Konto ist aber noch nichts eingegangen.«

»Wissen Sie, wer erben würde, sollte Madame de Touquet eines Tages sterben?«

»Mir gegenüber hat sie darum nie ein Geheimnis gemacht: wir vier zu gleichen Teilen. Aber auch da hat sie kleine boshafte Dinge eingebaut, doch das hat sie nur mir erzählt und nicht meinen Brüdern: Auguste erbt das Haus. Es ist viele Millionen wert. Doch der große Herr Banker muss laut dem Testament in Giverny wohnen. Er darf die Villa nicht verkaufen. Sonst verliert er das *petit château*. Ist das nicht gemein? Und die Zwillinge kriegen das Erbe erst ausgezahlt, wenn sie Kinder in die Welt gesetzt haben. Sie erben Geld und je zur Hälfte die Wohnung in Paris. Ich bekomme das restliche Vermögen, mehrere Millionen sind das. Wie viele genau weiß ich nicht. Es hat mich nie interessiert. Maman wollte, dass ich nach ihrem Tod frei sein kann. Ich habe ihr erklärt, es wäre doch schön, nach ihrem Ableben einen fairen und versöhnlichen Nachlass zu schaffen, doch sie hat nur gelacht: ›Dann wäre es ja kein Spaß mehr – und das wäre nicht mein Stil‹, hat sie gesagt. Ich höre es noch, als wäre es gestern gewesen.«

Lacroix wunderte sich einmal mehr über die vielen Geheimnisse, die es in der Familie gab – und über die Offenheit, mit der trotzdem jeder ihm gegenüber davon sprach.

»Und Sie sind sich absolut sicher, dass Ihre Brüder nichts Genaues über ihren Letzten Willen wissen?«

»Absolut. Wenn Auguste das wüsste, würde er sie …«

»Er würde *was?*«

24

Wie gerne wäre er hier draußen geblieben, in diesem leichten Wind, der über den breiten Boulevard de Montparnasse wehte. Aber nein, natürlich saß sie nicht hier draußen. Stattdessen führte ihn der Kellner in schwarzer Weste und Fliege hinein. Während draußen Dutzende Pariser und Touristen saßen, war es im Inneren des Lokals fast leer.

Sie wartete am mittleren Tisch des Rondells – dem besten Tisch natürlich. Direkt mit Blick auf die scheußliche Skulptur, um die sich das Restaurant gruppierte, diese beiden ineinander verschlungenen Männer. Über ihr die bunte Kuppel, die Perle des Art déco, die für Lacroix ein reines Ärgernis war – eine Ablenkung von allem, was einen idealen Speisesaal ausmachte: Intimität, Konzentration, Entspannung.

Sie stand auf und gab ihm die Hand. Ihr Lächeln war freundlich, auch wenn sie um die Augen herum müde aussah.

»Monsieur Lacroix, eine Ehre, Sie begrüßen zu dürfen. Bitte.«

Sie wies auf den freien Stuhl und nahm selbst wieder auf der stoffbezogenen Bank Platz.

Es dauerte keine zehn Sekunden, bis ein Mann im schwarzen Anzug auftauchte und sich tief vor ihnen verbeugte. Es war der Geschäftsführer, kein Zweifel.

»Madame de Touquet«, hauchte er, »ich sehe, Ihr Gast ist gekommen. Schön, Sie wieder im La Coupole begrüßen zu dürfen. Eine Ehre. Monsieur?«

»Merci, Claude«, sagte sie mit fester Stimme. »Monsieur Lacroix? Ich nehme hier stets den Hummer, keine Sorge, ich lade Sie ein.«

Lacroix schüttelte den Kopf.

»Ich würde eine *choucroute à la Coupole* bevorzugen«, sagte er. »Und ein kleines Bier dazu, wenn es sehr kalt ist.«

»*Bien sûr,* Madame, Monsieur.«

Er verschwand und ließ sie in dem großen Rondell zurück. Madame de Touquet wies auf die runde Kuppel.

»Eine Legende. Ich esse hier, seit ich ein kleines Mädchen war. Und immer an diesem Tisch.«

»Ich komme eben aus dem Leichenschauhaus, Madame de Touquet. Es war sehr schwer, Ihren Sohn beim Abschiednehmen zu sehen.«

Sie zuckte nicht mit der Wimper.

»Der arme Aurélien«, sagte sie. »Es ist schwer, die erste Liebe zu verlieren. Jeder von uns hat das schon durchgemacht.«

»Nun, vielleicht nicht mit Arsen vergiftet im Bad liegend.«

»Seien Sie nicht so dramatisch. Sie haben es ja nicht gesehen.«

»Ähm, Madame …«

Er zog wieder das Papier mit dem Foto aus seiner Manteltasche.

»Kennen Sie dieses Döschen?«

Sie schüttelte den Kopf.
»Nein, tut mir leid, Commissaire.«
»Darin war das Arsen, das Sie töten sollte, Madame.«
»Was?«
»Ja, es ist das Glücksdöschen von Alice Namarra.«
Ihr Körper spannte sich, sie riss die Augen weit auf.
»Also war sie es? Wissen Sie es sicher? Sie war es, die mich ermorden wollte? Aber warum?«
»Es sieht zumindest so aus, Madame de Touquet. Wir haben das Arsen in der Dose gefunden und die Fingerabdrücke von Alice darauf. Ausschließlich die Fingerabdrücke von Mademoiselle Namarra.«
Sie sah verzweifelt im Raum umher, ihre Stimme wurde höher.
»Aber warum … Ich verstehe das nicht. Warum meine Schwiegertochter? Ich habe ihr doch die Tür geöffnet, sie in mein Haus …«
Sie brach ab, als der Kellner mit dem Tablett kam. Er stellte die Flasche Badoit rouge auf dem Tisch ab, daneben ein Glas mit Whisky ohne Eis, dem Commissaire servierte er ein kleines 1664. Sie gab etwas Wasser in den Whisky, Lacroix nahm einen tiefen Schluck von dem kalten Bier. Dann senkte der Commissaire die Stimme.
»Es gab beim *dîner* diesen Moment, als Sie die junge Alice in den Nebenraum geschickt haben, um Whisky zu holen. Warum haben Sie das getan?«
»Ich wollte sie in unsere Mitte nehmen, sie ansprechen, mit ihr trinken. Es war ein Zeichen der Gastfreundschaft.«

»Sie hat zwei Gläser eingeschenkt und Ihnen eines davon gegeben.«

»Ich erinnere mich daran. Ich bin ja nicht senil, Monsieur.«

»Dann kam das Hausmädchen herein und brachte das Essen, diesen köstlichen Rochen. Sie haben beide Gläser bei sich gehabt, weil Alice ihres abgestellt hatte. Welches Glas haben Sie Alice anschließend gegeben, um mit ihr anzustoßen?«

»Das wiederum weiß ich nicht mehr.«

»Könnte es Ihr Glas gewesen sein?«

Die alte Frau runzelte die Stirn.

»Schon möglich.«

»Hatten Sie Sorge, Alice sei die Frau, die Sie töten wollte?«

Madame de Touquet atmete tief ein und aus.

»Ich bin eine Mutter, für meine Söhne würde ich natürlich die Hand ins Feuer legen. Andererseits bin ich … nun ja, es geht um viel Geld, um viel Besitz. Aber ich habe dennoch gedacht, dass es am ehesten Alice sein musste. Wissen Sie, diese junge Frau …«

»Sie zögern?«

»Sie ist tot. Ich weiß nicht …«

»Madame, Sie nehmen doch selten ein Blatt vor den Mund.«

Die alte Dame machte eine wegwerfende Handbewegung.

»Wissen Sie, Alice hatte zwei Seiten. Natürlich, sie war schön und reizend, sie war offen, eben eine Frau aus einem anderen Kulturkreis, nicht so verstockt wie wir Franzosen. Aber sie war auch drängend, wenn sie etwas wollte. Das Gespräch mit ihr über Auréliens Ausstellung … Es war ziemlich unangenehm.«

»Erzählen Sie mir davon.«

»Vor sechs Wochen war sie zum ersten Mal bei mir. In Paris, meine ich. Sie hat vorgesprochen. Als Claire sie angemeldet hat, war ich erstaunt. Sie war noch nie ohne Aurélien zu mir gekommen. Sie war zuerst sehr freundlich. Sie bat mich um eine große Summe, nicht für sich, sondern für Aurélien. Er wolle eine Ausstellung im Grand Palais machen und müsse dafür viel bezahlen. Ich habe versprochen, es mir zu überlegen.«

»Und wie viel Geld wollte sie?«

»Viel, Commissaire, wie ich bereits sagte.«

»Ich habe gehört, Sie hätten noch nie Geld verliehen. Warum haben Sie Alice hingehalten?«

Sie lachte einmal laut auf, dann trank sie einen Schluck und lächelte ihn an.

»Ach, der arme Auguste. Hat es nicht verwunden, dass ich seine kleine Schwäche habe auffliegen lassen – warum will er auch immer den starken Mann spielen? Er hat es Ihnen doch erzählt, richtig? Na, ist ja auch gleich. Nein, in diesem Fall war es anders. Ich habe wirklich überlegt. Für Kunst habe ich etwas übrig.«

»Sie haben gesagt, Alice sei zum ersten Mal gekommen. Wann kam sie denn noch mal?«

»Drei Tage danach. Ich habe ihr abgesagt.«

Lacroix war verwirrt.

»Sagten Sie nicht eben, Sie hätten es sich überlegen wollen, Madame de Touquet?«

»Das habe ich ja auch, Monsieur. Es mir überlegt, meine ich. Aber ich konnte es nicht tun. Ich hätte damit alle Prinzipien verletzt – und was haben wir denn, außer dem, wofür wir stehen? Auguste hätte sich von mir abgewandt, alle hätten mir künftig auf der Nase herumgetanzt.«

»Wie hat Alice reagiert?«

Madame de Touquet überlegte einen Moment.

»Sie war ... nun ja, sie war schockiert. Aber sie hat es sich nicht anmerken lassen. Ich habe es an ihren Händen gesehen, die haben ... gezittert. Sie ist aufgestanden und zur Tür gegangen. ›Das war nicht das letzte Wort.‹ Das hat sie gesagt. Und dann hat sie die Tür geknallt. Es war merkwürdig, sie war ganz aufgeregt.«

»Das erste Unwohlsein begann danach?«

»Vier oder fünf Tage später, nach einem gemeinsamen Essen in Giverny. Das war der Abend, ja. Und da war Alice ... nun ja, sie zeigte ihr wahres Gesicht. Sie war kühl, fast kalt. Und zu Claire und mir sehr schnippisch. Sie hat sogar das Essen verschmäht, dabei gab es Nieren.«

Sie wurden wieder unterbrochen. Der Kellner baute eine große Etagere auf, mit viel Eis lagen darauf ein halber Hummer, *langoustines,* Austern, Schnecken und Stabmuscheln.

Den Teller mit den diversen Fleischarten und Würsten stellte er vor Lacroix ab.

»Hm, sieht das gut aus, herrlich, oder Monsieur?«

Lacroix probierte das Kraut, es war herrlich sauer und frisch und passte perfekt zu dem malzigen Bier.

»*Bon appétit,* Monsieur.«

»Einen Moment noch, Madame. Hat Alice nie wieder von dem Geld gesprochen?«

»Nie wieder. Mit keinem Wort. Aber sie hat mich beobachtet, sie hat gespürt, dass ihr Plan aufgeht.«

»Und trotzdem gingen Sie das Risiko ein, sich weiter mit ihnen allen zu treffen.«

»Ich bin eine Spielerin, Monsieur Lacroix«, sagte die Alte, »und ich wusste ja, dass Sie von da an an meiner Seite waren, um mich zu beschützen.«

»Wäre es nicht auch möglich, dass Monsieur Auguste Rache nehmen wollte, weil Sie ihn so vorgeführt haben?«

»Ach, Monsieur«, sagte sie und griff nach dem geteilten Hummer, »meine Söhne wissen, dass ich hart bin, um sie auf die Welt vorzubereiten. Aber mich töten? Ich … aber nun lassen Sie uns speisen.«

»*Bon appétit,* Madame.«

25

Die Nacht in der Rue Cler war unruhig gewesen. Eine Touristengruppe hatte vor Lacroix' Fenster in einer Bar gefeiert, die englischen Sprachfetzen waren zu ihm emporgeweht. Die *choucroute* lag ihm schwer im Magen, genau wie der Calvados, den sie zum Abschluss noch getrunken hatten. Er vermisste Dominique neben sich. Sie fehlte ihm fürchterlich. Irgendwann zwischen zwei und drei war er eingeschlafen, doch die Stimmen blieben in seinem Kopf und vermischten sich mit denen von Madame de Touquet und ihren vier Söhnen – und immer wieder tauchte auch Alice Namarra auf, ihr Lachen, ihr plötzlicher Schreck, das Döschen mit der Rose im Gras.

Er stand auf, ging ins Bad und zog sich an, dann trat er nur Minuten später aus dem Haus und schloss ab. Er stieg die Treppe hinab und trat hinaus auf die Rue Cler, dann ging er ausnahmsweise ins Café du Marché an der Ecke, das er sonst mied. An diesem Morgen aber würde er es nicht in den Chai schaffen. Er bestellte einen *café serré* und griff sich eins der *pains aux raisins,* die neben den Croissants und Schokoladenteilchen in einem Korb auf dem Tresen lagen.

Irgendetwas war in dieser Nacht gereift. Doch er konnte nicht warten – auch wenn das Opfer schon auf dem kalten Tisch des Docteur Obert lag, auch wenn die Gefahr wahrscheinlich gebannt war. Er legte drei Euro in das rote Plastikschälchen und ging hinaus, die Straße hinunter, bis er rechts in die Rue Saint-Dominique einbog. Als er den Park erreichte, ragte zu seiner Rechten in majestätischer Größe der Invalidendom auf, die Sonne stand schon hoch darüber und kündigte einen weiteren heißen Tag an. Nun waren es nur noch wenige Meter bis zur Rue las Cases. Wie oft war er diesen Weg gegangen? Doch jedes Mal freute er sich wieder auf den Moment der Ruhe und der inneren Einkehr. Er betrat die gotische Kirche in dem Augenblick, als das Schlussgebet verklang und die Orgel einsetzte.

Er nahm in einer der hinteren Reihen Platz, grüßte einige, die er vom Sehen kannte, und neigte den Kopf zum Gebet.

»Der Herr sei mit euch«, rief der Priester, und die wenigen Gläubigen, die an diesem Morgen gekommen waren, vermochten es, die Kirche zum Klingen zu bringen, als sie antworteten.

»Und mit deinem Geiste.«

»Es segne euch Gott der Allmächtige, der Vater, der Sohn und der Heilige Geist. Gehet hin in Frieden.«

»Dank sei Gott dem Herrn.«

Wieder erklang die Orgel, und Lacroix betrachtete den Mann in der Soutane, der ihm so ähnlich sah. Nur das Haar des Geistlichen war etwas schütterer, der Bart dafür voller. Er lächelte würdevoll dort vorne am Altar in diesem Moment der Aussendung.

Sein Bruder war seit zwei Jahrzehnten der Priester

der Sainte-Clotilde. Es war seine Lebensaufgabe, und er versah sie mit aller Leidenschaft. Nie verpasste er auch nur eine Morgenmesse – Lacroix wusste gar nicht, wann er zum letzten Mal im Urlaub gewesen war, abgesehen von den jährlichen Pilgerreisen nach Lourdes und den Jugendfahrten nach Taizé.

Nachdem Pierre vom Altar abgegangen und rechts hinter einer Tür verschwunden war, wandten sich die Gläubigen zum Ausgang. Lacroix besah sich für einige Minuten den Altar und das Kreuz.

Er spürte seine Anwesenheit, noch bevor sein Bruder, der in der Reihe neben ihm Platz genommen hatte, sagte: »*Salut, mon frère*. Wie geht es dir?«

Lacroix sah nicht auf, sondern antwortete leise: »Nicht gut.«

Sein Bruder erhob sich und legte ihm die Hand auf die Schulter.

»*Allez,* gehen wir in die Sonne.«

Sie verließen die kühle Kirche und traten hinaus in den warmen Vormittag.

»Café oder Park?«

»Lass uns hierbleiben«, sagte Lacroix.

Sie setzten sich in den kleinen *square,* der so etwas wie der Vorgarten der Kirche war. Die Bänke hier sahen aus wie jene, auf der Lacroix in Giverny immer saß. Der Platz war menschenleer. Immer wieder seltsam, wie ausgestorben die Großstadt im August wirken konnte, befand Lacroix.

»Was ist los?«, fragte Pierre, der nie viele Worte brauchte. Auch seine Predigten waren fünf Minuten kürzer als die der Pfarrer, die ihr Wort für besonders bedeutungsvoll hielten.

»Ich bin in etwas hineingeraten, das mir den Schlaf raubt. Ein Fall, der sich auch noch in Giverny abspielt und von dem ich fürchte, dass er mir meine zweite Heimat vergällen könnte. Eine junge Frau ist tot, sie wurde vergiftet. Und es scheint, dass sie nicht nur das Opfer, sondern auch die Täterin war.«

Der Commissaire musste laut sprechen, weil die Vögel in den Platanen beinahe ohrenbetäubend die Sonne besangen.

»Das klingt verworren«, sagte Pierre.

Lacroix gab in wenigen Sätzen den Fall wieder.

»Arsen?«, fragte der Priester. »Das klingt ja wie aus einem alten Krimi.«

»Du sagst es. Aber wenn ich dir sage, um wen es geht, wirst du Arsen nicht mehr so abwegig finden.«

»Nun sag schon«, drängte sein Bruder.

»Madame de Touquet sollte das Opfer sein, so scheint es. Ihre künftige Schwiegertochter, eine Australierin namens Alice Namarra, schien es auf sie abgesehen zu haben. Jetzt liegt sie auf Docteur Oberts Tisch.«

Pierres Gesichtszüge waren ihm schon beim ersten Namen entglitten.

»Die de Touquets aus Giverny?«

»Genau die.«

»Ich habe die drei Söhne getraut.«

»Das weiß ich, Pierre, auch deshalb bin ich hier.«

»Aber du sagtest *künftige Schwiegertochter,* also nehme ich an, es geht um den vierten Sohn.«

»Ja, die Hochzeit hätte in zwei oder drei Wochen stattfinden sollen.«

»So rasch?« Pierre sah erstaunt drein. »Das ist merkwürdig.«

»Wieso, *mon frère?*«

»Weil sowohl bei Monsieur Auguste als auch bei den Zwillingssöhnen die Planungen ein Jahr vorher begonnen haben. Madame de Touquet hat der Kirche enorme Summen gespendet, dafür hat sie aber auch Dinge erwartet. Sie kam beinahe jeden zweiten Tag, um noch über die letzte Lilie zu diskutieren, die den Altar schmücken sollte. Ich glaube, sie wollte sogar den Füllstand des Weihwassers diktieren, der während der Trauung garantiert da sein müsse.«

»Ich nehme an, Monsieur Aurélien ist eher ein Freigeist. Ich weiß nicht, ob er überhaupt eine kirchliche Hochzeit wollte.«

Pierre lachte auf.

»Das hätte nicht in seiner Macht gestanden, glaub mir, *mon frère*. Madame de Touquet diktiert alles, nicht nur mir, viel mehr noch ihren Söhnen. Eine de Touquet wirst du nicht, indem du im *hôtel de ville* einen *pacs* unterschreibst.«

Die eingetragene Lebenspartnerschaft, die mit *pacs* abgekürzt wurde, lief seit Langem den echten und besonders den kirchlichen Hochzeiten in Frankreich den Rang ab.

»Nehmen wir einmal an, er wollte Alice schnell ehelichen und die kirchliche Trauung sollte einfach erst nächsten Sommer folgen. Ich würde gern über die anderen Brüder sprechen. Wie hast du die Zwillinge erlebt?«

Natürlich galt die kirchliche Schweigepflicht auch für Priester Lacroix, aber es gab seit Kindesjahren den unbrüchlichen Pakt zwischen ihnen, dass das Wissen des jeweils anderen stets geteilt wurde, Gesetz hin oder her.

»Sie sind nicht so naseweis, wie es auf den ersten Blick scheint. Sicher, in den Gesprächen vor den Trauungen waren sie forsch, wirkten dabei aber recht einfach gestrickt. Ich denke, dahinter steckt auch eine Taktik.«

»Welche?«

»Na die, einfach nicht zu sehr hervorzustechen, nicht zu sehr aus der Rolle zu fallen, die ihre Mutter ihnen zugedacht hat. Ich habe lange mit ihnen gesprochen, um die Predigt vorzubereiten. Dabei fiel mir auf, dass ihr Leben lang jemand anderes für sie nachgedacht hat – erst die übermächtige Mutter, dann die Internatslehrer und schließlich ihre Frauen. Ich glaube, die beiden Damen haben in der *ménage à quatre* die Hosen an.«

»Meinst du?«

»Ja, aber anders als Madame de Touquet stellen sie es klug an: Sie geben vor, dass die Männer die Chefs sind – ziehen aber im Hintergrund alle Fäden. Sie biegen sie sich zurecht. Sehr klug ist das.«

»Und Monsieur Auguste?«

»Ein harter Brocken mit einem weichen Kern. Nach dem ersten Gespräch, das zusammen mit seiner Mutter stattfand, habe ich ernsthaft überlegt, ob ich die Trauung machen soll. Er war mir so unsympathisch. Doch dann haben wir uns vier- oder fünfmal allein getroffen.

Er hat sich mir offenbart und seine Schwächen gezeigt, beim letzten Mal haben wir uns lange umarmt, er war sehr traurig. Er ist ein besonderer Mann.«

»Der seine Mutter hasst.«

»Sie hat ihn zu diesem groben Klotz gemacht, das spürt er. Er hasst, wofür er steht und wonach er strebt, aber er kann einfach nicht ausbrechen.«

»Vielleicht kann er es jetzt. Er steht vor dem Nichts. Seine Bank hat ihn rausgeschmissen, er musste London verlassen.«

»Ein Neuanfang«, sagte Pierre nickend.

»Könnte er seine Mutter umbringen wollen? Was meinst du? Ist sein Hass so stark?«

Pierre überlegte lange, bevor er antwortete. Die Antwort und das damit verbundene Vogelgezwitscher begleitete Lacroix in Gedanken den ganzen Weg hinab ins Fünfte und in sein Büro.

26

Maigret«, rief Paganelli, als Lacroix zur Tür hereintrat und seinen Mantel und den leichten Sommerhut an die Garderobe hängte. Dem Mantel entnahm er noch das Büchlein aus Alice Namarras Nachlass. »Sie sind wieder da, endlich.«

»Gab es etwas Besonderes?«

»Das Hausmädchen ist eine junge Frau aus Angoulême. Sie war vorher Kindergärtnerin in *outre-mer*. Sie hat auf eine Anzeige geantwortet, die Madame de Touquet geschaltet hat. Kleines Einkommen. Keine Vorstrafen.«

»Und sonst?«

»Die Vermögensverhältnisse vom ältesten de Touquet fand ich bemerkenswert. Bemerkenswert nicht vorhanden sozusagen. Zudem ermitteln die Behörden auf der anderen Seite des Kanals gegen ihn wegen Verdachts auf unlautere Geschäfte – die Rede ist von Marktmanipulation und Insiderhandel.«

»Das ist etwas Besonderes.«

»Die Dokumente liegen auf Ihrem Schreibtisch, Commissaire. Außerdem habe ich mir erlaubt, die Konten und Hintergründe von Artur und Adolphe abzufragen – alles wesentlich unauffälliger. Allerdings sind sie nicht die großen Zampanos, wie es manchmal in der Zeitung steht. Sie sind eher mittlere Angestellte.

Es scheint, als hätten ihre Frauen sehr viel Geld mit in die Ehen gebracht.«

»Wirklich?«

»Ja, es sind die Töchter eines vermögenden Unternehmers. Neureich, so liest es sich. Da ist eine Heirat in eine der bedeutendsten Familien Frankreichs doch ein echter Aufstieg. Ein Aufstieg mit kleiner Zuzahlung eben.«

»Auch dafür brauche ich Nachweise.«

»Liegt alles auf Ihrem Schreibtisch, Chef.«

»Fotos?«

Der Korse lachte und nickte.

»Hängen natürlich an Ihrer Wand. Alle Mitglieder der Familie. Plus das Hausmädchen.«

»*Merci,* Paganelli. Ach, können Sie noch …«, Lacroix wedelte mit seiner Hand in Richtung Computer, »na ja, das machen, was sie da immer machen. Diese Hintergrundprüfungen im Polizeinetz, die Konten der Familie und das alles …«

»Na klar«, sagte Paganelli grinsend, weil er wusste, dass diese moderne Welt für Lacroix ein Buch mit mindestens sieben Siegeln war. »Dass Sie aber auch immer Arbeit mitbringen müssen – es war so schön ruhig hier, als Sie im Norden waren, Commissaire.«

Lacroix verschwand in seinem Büro.

Er setzte sich an seinen leeren Schreibtisch und schlug endlich das Tagebuch der jungen Australierin auf. Er ärgerte sich, dass er viel zu lange damit gewartet hatte. Aber gestern Abend war er dazu zu müde und entmutigt gewesen.

Er bewunderte erneut ihre schöne Schrift, ihre klare Ordnung. Sie schien Herrin über ihre Gedanken gewesen zu sein.

14. Dezember
Aurélien. Sein Name ist so schön. Acht Buchstaben, die wie ein Lied klingen.
Er ist es. Ich habe keinen Zweifel. Sein Lächeln hat mich quer durch den Raum getroffen wie ein Blitz. Wir haben uns die ganze Nacht im Arm gehalten, als hätten wir nie etwas anderes getan. Er ist zärtlich und fordernd und einfach besonders.

Lacroix legte das Buch einen Augenblick auf den Schreibtisch. Er fühlte sich wie ein Voyeur, weil er in die geheimen Gedanken dieser Frau eintauchte, aber er wusste, dass er nicht darum herumkam, wenn er herausfinden wollte, was geschehen war.

4. Januar
Weihnachten, Neujahr, wir sind einmal um die halbe Welt geflogen. Es war so schön. Die Reise meiner Träume. Alles strahlte, jede Stadt, selbst Moskau. Das Grau fühlte ich gar nicht. Weil jedes Land erst besonders wird durch ihn, durch Aurélien.

26. Februar
Ich habe seine Familie kennengelernt. Was für ein Haus in diesem wunderschönen Dorf. Alles dort stammt aus einer anderen Zeit. Ich liebe Monets Bil-

der, ich liebte sie immer. Nie hätte ich gedacht, ihnen einmal so nah zu kommen, wie es nun geschieht. Ich fühle mich wie die Frau mit dem Sonnenschirm im Mohnblumenfeld. Auréliens Familie will es mir nicht leicht machen, scheint es. Sie geben sich hart und unnahbar, doch ich glaube, sie sind es gar nicht. Seine Mutter ist sehr elitär, sehr herrschaftlich. Ich will sie von mir überzeugen. Und ich werde sie von mir überzeugen. Sie hat viel getan für die Familie, und auch ich bin bereit, viel zu geben, für Aurélien, für alle.

29. März
Aurélien war mit seiner Mutter essen. Er war lange weg. Danach war er verändert. Erst abwesend, abweisend. Ich verstand: Er wollte mich schützen. Ich redete ihm gut zu, er solle ehrlich zu mir sein. Da wurde er böse. Aber nicht auf mich. Auf sie. Er hat gesagt, sie wolle, dass er sich trenne. Ich sei nicht gut genug. Wirklich. Wir sind doch nicht bei Shakespeare. Gut genug … Incroyable, wie sie es leicht näselnd sagen würde.
Aber ich werde ihr beweisen, dass ich gut genug bin. Mein armer Schatz, dass er durch dieses schlechte Gefühl gehen muss.

6. Mai
Der Sturm hat sich verzogen, scheint es. Klar, die beiden Zwillingsmädels stänkern noch, aber sollen sie nur. Sie müssen ja mit den feisten Jungs zusammen

sein, während ich den Beau haben darf. Seine Mutter ist auf einmal recht nett, sie grüßt mich sogar.

4. Juni
Urlaub in Giverny. Seine Mutter und ich sind beiläufig freundlich zueinander, gehen uns aber aus dem Weg. Ich spüre, dass das am besten ist für unser Verhältnis. Wenn ich mich ihr annähere, sie sogar ständig bewundere und ihr nach dem Mund rede, hat sie keinen Respekt vor mir. Wer sich duckt, nach dem wird getreten.

Die Schrift wurde von Eintrag zu Eintrag fahriger, verwaschener, unruhiger. Es war, als wäre die Schrift ein Spiegel von Alice' Empfindungen.

18. Juni
Sie ist böse. Ganz böse. Ihre Freundlichkeit mir gegenüber ist nur Schikane, nur Tarnung, damit er sich nicht von ihr abwendet. Sie hat ihre Taktik geändert. Ich weiß es jetzt. Und sie weiß nicht, dass ich es verstanden habe. Ich werde mich wehren.

14. Juli
Auréliens Ausstellung ist wirklich möglich. Aber so viel Geld. Das hätte ich in meinem ganzen Leben nicht verdienen können. Ich habe seine Mutter nach dem Geld für ihn gefragt. Bin hingefahren in diesen Palast. Hätte ich die goldenen Wasserhähne gestohlen, hätte es wohl auch für die Ausstellung gereicht.

Ich weiß nicht, warum er solche Angst vor ihr hat. Sie ist doch nur eine arme alte Frau. Eines Tages wird sie nicht mehr da sein, dann kann die Familie frei sein. Wird sie ihm das Geld geben? Ich bete dafür. Sie muss doch erkennen, dass er ein Genie ist.

17. Juli
Madame de Touquet = Hexe

1. August
Ich habe einen Plan. Aurélien begreift es nicht, wie sie zu ihm ist. Zu ihnen allen. Sie manipuliert ihn. Heute haben wir uns zum ersten Mal gestritten. Wegen ihr. Er glaubt, ich wolle sie schlechtmachen. Aber es ist doch ihre Taktik. Ihre Taktik geht auf. Ich muss etwas tun. Die Trennung von Mutter und Sohn muss endgültig sein. So ist es am besten. Die einzige Chance, damit wir frei sein können.

14. August
Nur noch wenige Tage. Dann ist es geschafft.

Es war die letzte beschriebene Seite. Lacroix stöhnte auf und schlug das Buch zu. Schlimmer hatte er es sich nicht vorstellen können. Brach sein Konstrukt zusammen?

Er betrachtete die Fotos, die der Korse so exakt an der Scheibe zum Großraumbüro angebracht hatte, wie Lacroix es schätzte. Genau in der Mitte des Glases, jedes in genau demselben Abstand zum nächsten. Sonst kriegte das nur Rio so hin.

Aurélien, Auguste, Adolphe, Artur, Aurélie, die beiden Zwillingsfrauen, Claire, schließlich Madame de Touquet und Alice. Das geplante Opfer. Das eigentliche Opfer. Er betrachtete nacheinander die Gesichter und rief sich die Aussagen eines und einer jeden ins Gedächtnis. Dann verweilte sein Blick bei drei Fotos länger. Eine ganze Stunde dauerte das. Schließlich hob er den Kopf.

»Paganelli?«, rief er durch die halb geöffnete Tür hinaus ins Großraumbüro.

»Hm?« Der Korse sah zu ihm herein.

»Buchen Sie mir bitte ein Ticket für den Sechzehn-Uhr-Zug nach Giverny. Dann schaffe ich es noch in den Chai.«

»In Ordnung, Commissaire.«

»Rufen Sie bitte alle de Touquets an, jetzt gleich. Wir treffen uns zu einer Tatrekonstruktion im Haus der Familie. Heute Abend, einundzwanzig Uhr. Ich will das detailgetreu nachstellen. Es müssen also alle nach Giverny fahren. Lassen Sie keine Ausrede gelten, keine Krankheit, keine Termine, nichts. Lassen Sie es richtig offiziell klingen.«

»*D'accord*, Commissaire. Es ist mir eine Freude, diese Bonzen zusammenzurufen.«

»Und, Paganelli? Um zweiundzwanzig Uhr brauche ich einen Streifenwagen der Police nationale von Évreux vor dem Haus. Mit Blaulicht. Zwei Beamte. Aber sie müssen in Uniform sein. Wir werden eine Festnahme tätigen. Vielleicht auch zwei. Ich bin mir noch nicht ganz sicher. Und rufen Sie France 2 Normandie an. Keine Details. Nur, dass sie in Giverny warten sollen heute Abend. Mit einem Kamerateam. Die Zeitungen können Sie auch gern anrufen, wenn Ihnen noch Zeit bleibt.«

Lacroix hob den Kopf nicht, so verpasste er das verwunderte Gesicht des Korsen.

27

Das kurze Essen im Chai war gut gewesen, ein mit Schinken belegtes und mit Ziegenkäse überbackenes Brot, dazu hatte Lacroix einen Pouilly-Fumé getrunken. Pierre war dort gewesen, sie hatten kurz geredet, allerdings nichts, was über den Vormittag hinausgegangen wäre. Lacroix spürte, dass er angespannt war, in diesen Momenten war er mehr oder minder schweigsam. Auch Pierre hatte das wohl gespürt, denn zum Abschied hatte er ihn lange umarmt.

Der Zug war schnell und pünktlich gewesen, für den Commissaire war die Fahrt wie im Fluge vergangen, er fragte sich fast, wo die Zeit geblieben war, als sie den Bahnhof von Giverny erreichten.

Als er nach kurzem Spaziergang in sein Haus trat, war Dominique nicht da. Er fand einen Zettel auf der Kücheninsel:

Bin in Rouen einkaufen, gehe dort anschließend mit Amandine etwas essen. Sehe dich später am Abend? D.

Er schrieb darunter in seiner umständlichen Schrift:

Warte auf mich, um halb elf komme ich wieder. Öffne eine Flasche Chablis, ich habe sie schon in den Kühlschrank gelegt. Bis nachher.

Lacroix legte tatsächlich eine Flasche des leichten Weißweins in den Kühlschrank, dann spürte er seine große Müdigkeit. Er stieg hinauf ins obere Stockwerk, legte sich auf das große Bett und schlief sofort ein.

Er erwachte erst, als es schon dämmerte, stand auf und zog sich frische Sachen an. Dann stieg er die Treppe hinab, es war halb neun. Er ging aus dem Haus und durchquerte das kleine Dorf. Wieder wunderte er sich, wie schnell er das *petit château* erreichte.

Er läutete, und es war wie ein Déjà-vu. Das Hausmädchen, das schnell öffnete und ihn hereinbat. Wäre Dominique an seiner Seite gewesen, wäre es eine exakte Wiederholung des vorgestrigen Abends gewesen: Der Kronleuchter brannte, ebenso wie die Kerzen im Leuchter, der Esszimmertisch war gedeckt, in der Bibliothek hörte er Stimmen. Etwas gedämpfter heute, als würde dort geflüstert.

»Monsieur Lacroix«, sagte die Stimme Madame de Touquets laut und fest, »ich muss schon sagen, da haben Sie meiner lieben Haushälterin aber ordentlich Arbeit gemacht. Die Arme musste wieder die Köche organisieren und alles vorbereiten, dabei waren wir noch in Paris. Aber gut, für Sie haben wir das natürlich gemacht. Wenn es hilft, den Fall aufzuklären …«

Die Haushälterin stand lächelnd neben der alten Dame, die heute ein beiges wallendes Kleid trug und das Haar zu einem Dutt hochgesteckt hatte.

»Kommen Sie, Monsieur Lacroix, sonst wird der Champagner warm. Wir haben schon mal begonnen, ich denke, das geht in Ordnung?«

Sie führte ihn in die Bibliothek, wo die vier Söhne standen und miteinander redeten, dazu die drei Frauen, die ihrerseits miteinander sprachen. Nur Alice fehlte, und Auréliens Gesicht war der Schmerz darüber deutlich anzusehen. Er stand verloren vor der Bücherwand und schien in Gedanken ganz woanders zu sein. Während alle anderen noch ein volles Champagnerglas in der Hand hielten, hatte er seines schon ausgetrunken.

Lacroix betrachtete jeden Einzelnen von ihnen. Er wusste nun schon so viel über sie, von ihrer Kindheit, ihren Verhältnissen, ihren Schwächen, dass er sie mit ganz anderen Augen sah. Milder. Ja, das war es. Milder. Er ließ sich von ihrem Selbstbewusstsein nicht mehr abschrecken. Und doch spielten sie alle ihre Rollen weiter, waren laut, selbstherrlich und völlig von sich eingenommen.

»*Alors*, dann wollen wir mal«, sagte Madame de Touquet. »Ich begrüße …«

»*Messieurs-dames*«, unterbrach Lacroix die alte Dame, »ich danke Ihnen, dass Sie alle gekommen sind.«

»Na, wir hatten ja keine Wahl«, murmelte Aurélie und rümpfte die Nase. Lacroix überhörte es.

»Es ist ein trauriger Anlass, aber ich darf Ihnen sagen, dass wir am Ende des Abends denjenigen kennen, der für den Tod von Alice Namarra verantwortlich ist.«

»Ich dachte«, begann die alte Dame, aber dann mahnte sie sich selbst zum Schweigen, zum ersten Mal. Lacroix ging hinüber zur Bar, um sich selbst ein Glas Champagner einzuschenken. Sofort setzte um ihn herum Geraune und Gemurmel ein. Er ließ sie einen Moment reden und flüstern, dann wandte er sich ihnen wieder zu.

»Ich habe hier ein Döschen«, sagte er, zog aus der Tasche seiner grünen Cordhose die Perlmuttdose mit der Rose und hielt sie in die Höhe. »Darin war das Arsen, das Alice umgebracht hat. Es ist Alice' Dose, kein Zweifel. Monsieur Aurélien hat sie eindeutig wiedererkannt.«

Er hob sein Glas und sagte:

»Ich trinke nun mit Ihnen, wie wir es vorgestern getan haben, und von nun an werden wir den Abend originalgetreu nachstellen, indem wir uns, so gut es geht, der Ereignisse entsinnen, die sich vor achtundvierzig Stunden am Tisch im Esszimmer gleich hier nebenan abgespielt haben. Dazu werde ich das Döschen immer bei mir haben, so wie es auch der Mörder bei sich trug.«

Er trank einen Schluck von dem Bollinger und ging dann voraus ins Esszimmer. Die Familie de Touquet folgte, doch er nahm immer noch das erstaunte Wispern in seinem Rücken wahr.

Der Tisch war exakt so gedeckt wie vor zwei Tagen, nur fehlten zwei Gedecke und zwei Stühle: der von Dominique und der von Alice.

Lacroix nahm wie beim letzten Mal in der Mitte Platz, gegenüber von Madame de Touquet. Neben ihr saß wieder Aurélien, daneben hatte Alice gesessen. Auch die anderen setzten sich auf ihre alten Plätze.

»Es tut mir sehr leid«, sagte Madame de Touquet, »aber der Koch hat es aufgrund der geringen Vorlaufzeit nicht geschafft, die *tripes* zuzubereiten. Sie brauchen eine lange Zeit im Topf und im Ofen, das ist Ihnen ja bekannt. Es gibt also nur eine einfache Hauptspeise, wenn das für Sie in Ordnung ist, Monsieur Lacroix.«

»Das ist es, Madame, das Essen ist wohl nicht so wesentlich, auch wenn die Kutteln hervorragend waren. Es macht es sogar einfacher, weil wir den Abend etwas beschleunigen können. Ich werde jetzt, wie es Alice Namarra getan hat, das Zimmer verlassen und auf Ihre Anweisung hin die Flasche mit dem Whisky holen, dazu zwei Gläser. Das Döschen nehme ich mit.«

Er stand auf und ging um den Tisch herum, alle Augen folgten ihm. Er ging in den Nebenraum, die Bibliothek. Der Barwagen stand so, dass er auch bei der offenen Tür von den Gästen im Esszimmer nicht gesehen werden konnte.

Er nahm die Flasche Laphroaig und zwei Gläser, dieselben alten Tumbler mit dem feinen Muster wie zwei Abende zuvor. Dann tat er etwas aus dem Döschen in ein Glas, er hatte selbstverständlich das Arsen gegen Mehl ausgetauscht. Noch im Gehen schenkte er aus der Flasche etwas in die Gläser und schwenkte sie dabei etwas. Es war eine anstrengende und komplizierte Prozedur, aber sie gelang. Er ging zum Platz von Madame de Touquet und reichte ihr eines der Gläser. Dann blieb er hinter ihr stehen.

»Bitte, verehrte Madame. Ihr Whisky. Nehmen Sie mein Glas auch, denn nun kommt …«, rief er lauter, »bitte, das Essen.«

Sofort betrat das Hausmädchen das Esszimmer, ein Tablett mit mehreren Tellern in den Händen.

»Wir dachten, eine herrliche *bavette à l'échalote* wäre für den Abend genau das Richtige«, sagte Claire, jovial wie immer.

Sie stellte das kurz gebratene Steak mit dem speziellen Schnitt vor den Gästen ab und zog sich wieder zurück.

»Auf die starken Frauen«, sagte Lacroix, als alle ihren Teller hatten, und hielt seine Hand fordernd vor Madame de Touquet. Die hatte ihn förmlich vergessen, schien es, denn sie brauchte einen Moment, um sich zu orientieren, dann erst gab sie Lacroix eines der Gläser zurück. Es war seines, das mit dem Mehl, er hatte beide Gläser fest im Auge behalten.

»Nein, auf die modernen Frauen«, sagte sie, »so hat Mademoiselle Namarra es gesagt.«

Der Commissaire sah, wie Aurélien den Blick senkte. Für ihn musste dieses Theater schrecklich sein.

Sie stießen an und tranken. Dann setzte sich Lacroix an den Tisch und schnitt seine *bavette* an. Innen glänzte das Fleisch rosa und blutig – perfekt. Die Zwiebelsauce schmeckte nach dem verkochten Rotwein und roch süßlich und aromatisch.

»*Alors,* Commissaire«, sagte Artur, »sagen Sie uns nun endlich, was hier gespielt wird? Wer hat die unselige Alice auf dem Gewissen? Maman sagt, Sie hätten angedeutet, dass das Mädchen selbst unsere Mutter um...«

»Psst, psst«, zischte Madame de Touquet, doch Aurélien war schon auf den Beinen und rannte um den Tisch herum auf seinen Bruder zu.

»Sag das noch mal, du Idiot, dann hau ich dir auf die Fresse ...«

Schon standen sie voreinander, auch Artur war auf die Beine gekommen, es wirkte bedrohlich, ganz so, als würde die Situation eskalieren. Aurélien bebte, Artur schützte sich mit den Händen, doch da sprach Madame de Touquet ein Machtwort:

»Setzt euch hin, ihr Kindsköpfe. Sofort.«

Ihre Stimme war hart und laut. Aurélien schüttelte sich und tippte seinem Bruder auf die Brust. Dann wandte er sich um und ging wortlos zu seinem Platz zurück. Er trank das Glas Rotwein in einem Zug leer, während Artur betreten auf seinen Teller sah und schweigend sein Fleisch kaute.

Als alle aufgegessen hatten, stand Lacroix auf.

»Ich bitte Sie in die obere Etage, *Messieurs-dames.*«

Wieder ging er ohne eine Erklärung hinaus, hörte in seinem Rücken, wie die anderen ihm folgten. Als er oben war, sah er, dass Madame de Touquet die Reihe anführte, Aurélien folgte, Artur kam als Letzter die Treppe herauf.

»Monsieur Artur und Monsieur Adolphe, ich bitte Sie, erst mal hier auf dem Flur zu bleiben, Sie waren ja nach dem *dîner* wieder in Ihrem Hotel. Monsieur Aurélien geht gleich in sein Zimmer. Genau wie Monsieur Auguste und seine Gattin. Madame de Touquet geht bitte in ihre Gemächer. Die Anweisung ist fortan ganz eindeutig. Alles geschieht so wie in der Nacht des Todes von Mademoiselle Namarra. Jeder wiederholt, was er in dieser Nacht getan hat. Ich schlüpfe in die Rolle von Alice. Ich werde deshalb mit Monsieur Aurélien in sein Zimmer gehen.«

»*D'accord,* Monsieur Lacroix«, sagte Madame de Touquet mit klarer Stimme, »aber niemand tritt die Badezimmertür ein, es ist schon wieder eine neue, der Handwerker war heute hier.«

Er ging voran, der junge Witwer folgte ihm. Lacroix schloss die Tür.

»Hier lagen Sie also, und Sie sind sofort eingeschlafen«, sagte er leise.

Aurélien nickte.

»Gut. Und dann war es etwa vier Stunden später?«

»Ganz genau.«

»Die Schmerzen waren schon sehr schlimm?«

»Ja, aber sie hat es noch geschafft, ins Bad zu wanken, ich bin nicht hinterhergekommen, weil ich so verschlafen war. Ich verstand es nicht, ich war so benommen, der Wein, der verdammte Wein, sonst hätte ich sie vielleicht retten können.«

»Denken Sie das nicht, Monsieur, niemand hätte sie retten können, es war einfach zu viel Gift.«

Lacroix stand auf.

»Folgen Sie mir, wie Sie es bei Alice getan haben.«

Aurélien stand langsam aus dem Bett auf, doch Lacroix war schon bei der Tür. Er wankte an den verdutzten de Touquets vorbei, stöhnte dabei etwas, dann ging er schnell ins Bad und schloss die Tür hinter sich, verriegelte sie aber nicht, aus Rücksicht auf Madames Geldbeutel.

Er setzte sich auf die geschlossene Toilette und wartete, lauschte auf die Geräusche von draußen. Erst klopfte Aurélien leise, dann lauter, immer wieder rief er:

»Alice.«

Es dauerte einige Minuten des Klopfens und Rufens, dann rief er plötzlich von ferner:

»Auguste, komm schnell.«

Auréliens Rufen klang wirklich panisch, der Junge spielte seine Rolle gut. Nun dauerte es eine weitere Minute, bis Auguste vor der Tür sagte:

»Jetzt habe ich die Tür eingetreten.«

»Gut, dann kommen Sie gleich herein.«

Lacroix rutschte von der Toilette auf den Fußboden, verkrampfte sich dort, auch wenn es schwerfiel, weil seine Hüfte schmerzte.

Auguste öffnete die Tür, kam auf ihn zugerannt, sagte: »Alice, Alice«, dann blickte er fragend: »Soll ich?«

»Nur zu.«

Er gab dem Commissaire einen leichten Klaps ins Gesicht, nun stand auch Aurélien im Bad, rief immer wieder: »Alice, Alice …«

Auguste ging ein Stück aus dem Bad heraus, er rief: »Mutter …«, und gleich darauf kam Madame de Touquet ins Bad, schob Aurélien zur Seite und nahm neben Lacroix Platz. Sie kniete sich nieder, was beinahe leichtfüßig aussah, hielt dann inne und sagte:

»So war es. Ich habe die Atmung geprüft. Das mache ich nun aber bei Ihnen nicht, wenn Sie erlauben. Wir wollen ja nicht, dass es im Dorf Gerede gibt.«

Lacroix stand auf, streckte sich und klopfte sich den nicht vorhandenen Staub von der Hose.

»Das war sehr hilfreich, vielen Dank.«

Er wies zur Tür.

»Dann gehen wir wieder hinunter, herzlichen Dank Ihnen allen.«

Es war ein Moment der Unruhe, weil niemand verstand, was nun geschehen würde. Alles war so abgelaufen wie in der Tatnacht, und doch wussten sie noch nicht mehr. Lacroix sah auf seine Uhr. Sie waren schon fast an der Treppe, als er sagte:

»Einen Moment …«

Da begann Aurélien zu straucheln, zuerst sah es aus, als wäre er gestolpert. Doch dann hielt er sich an der Wand fest, er senkte den Kopf, als hätte er Schmerzen, starke Schmerzen sogar, und es dauerte nur noch eine oder zwei Sekunden, bis er das Gleichgewicht verlor. Lacroix war sofort bei ihm, er griff ihn unter den Armen, doch der junge Mann war schwer, deshalb legte der Commissaire ihn vorsichtig auf den Boden.

Mit einem Satz war die alte Dame bei ihnen. »Aurélien«, rief sie, »Aurélien«, und bückte sich zu ihm hinunter. Auch die anderen Söhne umringten ihn, eine Traube von Menschen.

»Verdammt«, sagte Lacroix, »der Champagner, der Champagner, er hat doch so viel von dem Champagner getrunken … Wir brauchen einen Krankenwagen, ich habe … ich habe etwas von dem Arsen übersehen, da war wohl doch noch was in einer Flasche …«

Die Veränderung war fundamental. Madame de Touquets Dominanz brach zusammen, sie rutschte an der Wand herunter und blieb neben Aurélien sitzen.

»Lacroix«, flüsterte sie, »im Champagner, ich habe doch …«

Er sah ihr direkt in die Augen.

»Sie haben was, Madame?«

»Es gibt kein Arsen mehr im Haus, aber … haben Sie … haben Sie welches mitgebracht? Was ist mit meinem Sohn? So ruft doch den Notarzt …«

Artur und Auguste waren schon an der Treppe nach unten, doch Lacroix hob den Kopf und rief: »Bleiben Sie, es ist nicht nötig. Aurélien wird in ein paar Minuten wieder auf den Beinen sein.«

»Wie?«, rief Artur.

»Was meinen Sie damit?«, fragte Adolphe.

»Es war nur ein sehr starkes Beruhigungsmittel in seinem Rotwein. Docteur Obert hat es mir verschrieben, damit ich dieses Experiment machen kann. Er wird gleich wieder aufwachen und sich an nichts mehr erinnern.«

»Wie können Sie es wagen …«, schrie Madame de Touquet.

Lacroix stand auf und klopfte sich die Hose ab. Er mochte diese Dinge nicht, gar nicht, aber hier hatte er keine andere Wahl gehabt. Sie hätte nie von selbst gestanden.

28

Warum?«, fragte er leise, als sie in ihrem Schlafzimmer waren. Sie saß auf dem schmalen Bett, er auf dem Stuhl vor ihr. Das wallende Kleid hing an ihrem mageren Körper herab, und ihr Gesicht sprach Bände. Es war so hart und ohne echte Scham oder Trauer, dass er sich wirklich wunderte, dass er sie nicht von Anfang an verdächtigt hatte.

»Weil sie nicht in meine Familie gehörte«, sagte sie, ohne zu zögern.

»Ich habe das ewig hin und her überlegt. Ich habe nicht gedacht, dass das in unseren Zeiten ein Grund für einen Mord sein konnte, noch dazu für einen so perfiden.«

»Kennen Sie einen besseren Grund, Monsieur Lacroix, als die Ehre und die Reinheit der Familie zu schützen? Ich kenne keinen. Habgier? So ein Quatsch, doch nicht, wenn man so reich ist wie wir. Eifersucht? Wenn mein Mann mich betrog, dann betrog ich eben ihn. So einfach war das. Aber die Ehre. Ist die einmal verloren, ist der ganze Leumund weg. Dann treten sie dich mit Füßen. Sie lachen über dich. Über mich werden sie nie lachen.«

»Warum gehörte Alice Namarra nicht in Ihre Familie?«

»Ich bin müde. Darf ich?«, fragte sie, und als Lacroix

nickte, lehnte sie sich auf dem großen Bett nach hinten. »Rauchen Sie doch, Monsieur Lacroix.«

Der Commissaire ließ sich das nicht zweimal sagen, er ging zum Fenster und öffnete es, dann zündete er sich seine Pfeife an, die er vorhin auf der Toilette im verschlossenen Bad vorsorglich gestopft hatte, um seine Unruhe in den Griff zu bekommen.

»Ich habe mit Aurélien viel durchgemacht. Ohne Zweifel, er ist mir der Liebste von all meinen Kindern. War er schon immer. Er war weicher, klüger, künstlerischer, er war ein Junge, der einen träumen ließ. Er durfte alles, sogar hier im Haus wohnen, seine ganze Kindheit lang. Vielleicht war das der Fehler. Meine anderen Söhne haben sich einen Muttterersatz gesucht, irgendeine blonde, reiche Frau, die sie hegt und pflegt. Aurélien brauchte das nicht. Er hat ewig getan, was er wollte, er hat sich Frauen genommen wie Spielzeuge. Ständig stand etwas in der Zeitung, widerlich war das. Aber als begehrter Junggeselle, da bleibt das nicht aus. Ich habe es ausgesessen und gehofft, dass am Ende alles in Ordnung kommt und er eine ehrbare Frau nach Hause bringt. Stattdessen schleppt er diese Australierin an, die nicht nur arm ist, sondern noch dazu nicht den Hauch einer Ahnung hat, was eine französische Familie der oberen Eintausend im Kern zusammenhält. Diese Frau war dabei, alles zu sprengen. Alles. Als er mir sagte, dass er sie zu heiraten gedenkt, da war mir klar, dass ich handeln musste.«

»Handeln?«

»Stellen Sie sich vor: Da kommt eine Frau zu mir, die

mich seit einem halben Jahr kennt, und bittet mich um eine Viertelmillion. Dreist war sie, klug und dreist, eine schlimme Kombination. Glauben Sie mir, hätte ich es nicht getan, hätte sie irgendwann mich umgebracht. Und dann hätte es Grund für Ermittlungen gegeben.«

»Was haben Sie getan?«

»Ich mochte schon immer die Literatur der einfachen Leute, Krimis und dergleichen. Da habe ich mir meine Gedanken gemacht. Ich wusste, dass ich auf keinen Fall in Verdacht geraten darf, dass aber der Verdacht auf Alice fallen musste. Also hab ich angefangen ...«

Sie schnaufte, und Lacroix sagte:

»Sich selbst zu vergiften.«

»Die Rechnung werde ich wohl später kriegen. Das kostet mich sicher zwei Jahre meines Lebens, habe ich gelesen. Auch wenn ich die Dosis wirklich klein gehalten habe.«

»Sie haben also selbst Ihren Whisky vergiftet – und ihn getrunken? Ich habe mich gefragt, ob Ihr Hausmädchen eingeweiht war.«

»Die arme Claire? Niemals. Die wäre dazu nicht imstande. Ja, ich habe den Whisky vergiftet. Mit einer genau abgewogenen Dosis. Wenn ich schon Arsen zu mir nehme, dann aber auch in meinem liebsten Drink.«

»Wollten Sie, dass ich auf Alice komme und sie wegen des Mordversuchs an Ihnen verhafte? Wollten Sie sie so aus dem Weg haben?« Er spürte, dass er noch hoffte.

»Nein«, antwortete Madame de Touquet fest und spannte dabei ihren schmalen Oberkörper, als richtete sie sich über den Commissaire auf. »Nein, mein Plan ist genauso aufgegangen, wie ich es vorhatte.«

»Sie wollten Alice töten ...«

»Ja.«

»Um es wie eine Verwechslung aussehen zu lassen.«

Sie nickte.

»Es war der Moment der Übergabe der Whiskygläser?«

Sie grinste.

»Nein, ach nein, ich wusste, dass Sie diesen Moment im Auge haben. Nein. Ich habe schon viel früher das Gift in ihren Champagner getan, noch in der Bibliothek, als niemand hinsah. Direkt aus einem kleinen Tütchen, das ich bei mir trug. Sie hatte es das ganze *dîner* schon in ihrem Körper – und wusste noch nicht, was ihr blüht.«

»Und die Dose?«

»Die Dose ... ja, die sollte mein genialer Schachzug sein. Ich habe sie an mich genommen, einen Tag vorher.« Lacroix erinnerte sich, dass Alice in ihrem Rucksack nach etwas gesucht hatte. Es musste also ihre Glücksdose gewesen sein. »Ich habe das Arsen hineingetan, um es so aussehen zu lassen, als wäre es ihres. Dann habe ich die Dose aus Alice' Fenster geworfen, als alle im Badezimmer in heller Aufregung waren – und ich eigentlich wegging, um den Docteur anzurufen.«

»Es war wirklich bemerkenswert: Sie hatten sogar die Chuzpe, ihr noch in dem Moment den Fingerabdruck abzunehmen, als Sie sich über die sterbende Alice gebeugt haben, im Badezimmer, als Sie ihren Atem prüften.«

Sie sah ihn nur an, reglos jetzt. »Sie dachten, ich sei nicht mutig genug?«

»Ich dachte, Sie hätten einen Hauch von Skrupel. Woher hatten Sie das Gift?«

»Aus dem Internet. Wirklich. Nun schauen Sie nicht so. Vielleicht kennen Sie sich nicht mit der modernen Welt aus, aber ich mache sogar meine Aktiengeschäfte online.«

»Haben Sie in keinem Moment an Ihrem Plan gezweifelt, als Sie die Schmerzen an sich bemerkten? Sie waren dabei, sich ernsthaft zu schaden.«

»Der Weg ist das Ziel, oder wie sagt man, Monsieur?«

»Stellen Sie sich vor, es wäre anders gekommen: Ich hätte Auguste verhaftet, wegen des Mordes an Alice. Sein Hass auf Sie, Madame, dann aber die Verwechslung der Gläser – dann säße nun Ihr Sohn für Jahre im Gefängnis.«

»Was soll ich machen? Ihnen sagen, dass das mein Plan war? Es zugeben? Oder lieber das Gegenteil behaupten? Was macht eine gute Mutter?«

Lacroix stand auf. Es war genug. Er wandte sich zur Tür.

»Monsieur Lacroix?«, rief sie.

»Ja?« Er wandte sich um.

»Neben Ihrer perfiden Einlage hier mit meinem Sohn: Wie sind Sie auf mich gekommen?«

Er stellte sich in den Türrahmen und lehnte sich an, weil alles in ihm bebte.

»Ich war mir zum Schluss einfach sicher, dass Sie es waren. Sie halten seit Jahrzehnten alle Fäden in der Hand. Dirigieren und kontrollieren alles und jeden, halten Ihre Kinder kurz, planen aber jede Hochzeit bis ins kleinste Detail. Doch nun, beim schrecklichsten Ereignis der Familie, lassen Sie mich frank und frei ermitteln? Jeden Ihrer Söhne einfach so befragen? Und Sie helfen und unterstützen, wo es nur geht? Das war doch mehr als ungewöhnlich. Sie haben Aurélien nie gezwungen, seine Hochzeit in der Kirche anzumelden, bei meinem Bruder. Weil Sie wussten, dass es keine Hochzeit geben wird. Wissen Sie: Es ist noch etwas anderes. In Krimis, die Sie so mögen, heißt es ja immer: Wenn es zu einfach klingt, kann es so nicht gewesen sein. Ich sage aber immer: Wenn aller Anschein in eine Richtung führt, dann wird aus dem Schein ein Sein. Das Arsen, das freundliche Mädchen, die böse Schwiegermutter in spe. Es passte einfach alles. Außerdem habe ich so viele andere Verdächtige ausschließen müssen, dass nur Sie blieben. Sicher, das hätte ich nicht gedacht, als Sie mir in Ihrer Pariser Wohnung von Ihrem Verdacht erzählten. Aber wenn nur ein Verdächtiger bleibt, ist er der Täter. Giselle de Touquet, ich verhafte Sie wegen des Mordes an Alice Namarra.«

»Wissen Sie, warum ich Sie gerufen habe, Monsieur Lacroix?«

Er nickte.

»Ja, das weiß ich.«

»Sagen Sie es mir?«

»Nun, wenn es Ihnen Genugtuung verschafft: Sie

wollten keinen *flic*, der die Reichen hasst. Und die Kollegen hier misstrauen Ihrem Stand. Sie wollten keinen jungen, hungrigen Beamten haben, der alles umgräbt und dann auch noch die Presse informiert, wenn er Auguste verhaftet. Nein. Sie wollten einen Beamten, der alt ist – und müde, wie Sie wohl dachten. Der durch seine Frau auch noch an Sie und an dieses Dorf gebunden ist. Der – nun ja – sich der politischen Korrektheit unterordnet und Ihre Familie in Ruhe lässt, die Dinge jedenfalls nicht an die große Glocke hängt. Sie haben das alles geplant.«

»Es stimmt. Aber wie Sie es sagen, klingt es so unerfreulich. Eines haben Sie nämlich vergessen: Ich wollte den besten Polizisten. Um zu beweisen, wie gut mein Plan ist. Da zumindest haben Sie mich überrascht und mir das Gegenteil bewiesen.«

Er wandte sich wieder um, von ihr ab.

»Und bei noch etwas werde ich Sie überraschen, Madame. Bei Ihrem fälschlichen Urteil über meine Verschwiegenheit.«

Damit ging er hinaus, ging die Treppe hinunter und verließ das Haus. Er nickte den Beamten in dem Streifenwagen zu, sie stiegen aus, er trat zu ihnen und murmelte etwas. Dann rauchte er die Pfeife weiter und wandte sich der Dorfstraße zu in Richtung seines Hauses.

Er war noch nicht mal um die Ecke, da flackerten schon die Blitzlichter der Pressefotografen durch die Nacht.

29

Die Seerosen auf dem Teich schaukelten leicht im Wind, die Zweige der Trauerweide neben ihnen wurden hin- und hergeworfen. Dominique hatte sich bei ihrem Mann untergehakt, doch dann machte sie sich los und griff nach seiner Hand.

»Ich kann es noch immer nicht glauben, dass sie dich benutzt hat.«

»Es war ein guter Plan. Am Anfang war ich Feuer und Flamme, um sie zu retten. Und einer Frau wie ihr verzeihst du alle Marotten und denkst: Nun ja, sie ist nicht verdächtig, sondern höchstens eigenwillig. Die Individualität des Alters eben. An Tag eins hätte ich sie niemals verdächtigt, sich selbst zu vergiften.«

»Und an Tag drei?«

»Ich weiß es nicht, *chérie*. Es würde so gut klingen, wenn ich es behaupten würde. Aber dir werde ich das nicht vormachen.«

Sie hielt inne und blickte ihn prüfend an.

»Hast du mir noch nicht alles gesagt?«

»Ich wusste ja, dass wir durch diesen hübschen Garten spazieren werden, der uns zusammengeführt hat. Natürlich hätte ich auch gern wie sonst im Fontaine de Mars mit dir gegessen. Aber nein, hier sollte es sein.«

»Nun sag schon, *mon commissaire*.«

»Genauso hat sie mich einmal genannt, nur ein einziges Mal.«

»Wie?«

»Commissaire. Sonst hat sie mich immer Monsieur Lacroix genannt. Aber einmal, im La Coupole, hat sie mich bei meinem Rang genannt. Ich habe sie gefragt, ob sie das Döschen mit dem Arsen kenne. ›Nein, tut mir leid, Commissaire.‹ Das hat sie geantwortet. Da habe ich gewusst, dass sie lügt.«

Sie knuffte ihn in die Seite und lachte laut auf.

»Das gibt es ja nicht. Du bist einfach ein ausgebuffter ... Hast du es gleich gemerkt?«

»Nein, erst daheim, als ich wegen des ganzen Sauerkrauts nicht schlafen konnte.«

»Niemand bestellt *choucroute* im August.«

»Der Kellner hat mich auch ganz komisch angesehen.«

Sie gingen weiter, nach einer Weile holte er seine Pfeife aus der Tasche.

»Das Presseecho für die Familie ist verheerend. Dieser Commissaire Ballandraud schlachtet das richtig aus. Woher wussten die Kamerateams eigentlich davon?«

Er ging weiter, ohne sie anzusehen.

»Warst du das?«

Er schwieg weiter.

»Wie lange wird sie bekommen?«

»Ihre Anwälte legen gerade jede Menge ärztliche Atteste vor. Aber ich werde vor Gericht aussagen, wie fit sie ist. Sie wird das Gefängnis wohl nicht lebend verlassen.«

»Eiskalt, wirklich eiskalt war sie. Monsieur Aurélien ist wegen des Rummels nach Australien gezogen. Das stand in *Paris Match*.«

»Hoffentlich findet er eine gute Frau. Er ist wirklich ein feiner Mann.«

»Ach, mein lieber Commissaire«, sagte sie, als sie durch den Tunnel in den Vorgarten von Monets Haus schritten. Die Touristen standen vor dem Eingang Schlange.

»Wie schön wäre es doch, wenn der Maler uns in diesem Moment einfrieren würde – inmitten seiner Blumen und Blüten, nur wir und dieser Garten. Wie das Bild wohl heißen würde?«

»Der greise Pfeifenraucher und die illustre Schönheit – Ehepaar lustwandelt in Giverny.«

Sie musste lachen.

»Du bist mein liebster Greis, *mon cher Maigret*.«

Paris/Berlin/Giverny,
Februar und März 2021

Alex Lépic

Alex Lépics Krimireihe wurde in der Presselandschaft sehr positiv besprochen, auf Anhieb gelang der Sprung in die Top 50 der *Spiegel*-Bestsellerliste. Eine Frage ließ die Bücherwelt allerdings nicht los: Wer ist dieser Alex Lépic? Der *WDR* berichtete: »Von Ulrich Wickert bis hin zu Sebastian Fitzek sind zahlreiche Namen gerüchteweise im Umlauf.« Manfred Papst spekulierte in der *NZZ am Sonntag*, ob vielleicht der »unermüdliche Publizist« Rainer Moritz dahinterstecke – oder gar Verleger Daniel Kampa selbst. Alles falsch. Den wunderbar altmodischen Commissaire Lacroix haben wir Alexander Oetker zu verdanken, der mit seiner erfolgreichen Aquitaine-Reihe um Commissaire Luc Verlain (Hoffmann und Campe) bereits bewiesen hat, dass er ein großer Frankreich-Kenner ist. Oetker, geboren 1982, ist der Frankreich-Experte von RTL und n-tv. Er lebte viele Jahre in Paris und berichtet bis heute aus der Grande Nation. Oetker weiß, wie die Pariser ticken, er kennt die kleinsten Cafés und besten Restaurants. Heute pendelt Alexander Oetker mit seiner Frau und den beiden Söhnen zwischen Südwestfrankreich und Brandenburg.

Beim Baguette kennt der Pariser kein Pardon, aber geht er dafür auch über Leichen?

Alex Lépic

Lacroix und der Bäcker von Saint-Germain

Roman

In Paris gibt es eine Sensation, denn zum ersten Mal ist es einem Bäcker gelungen, das zweite Jahr in Folge für das beste Baguette der Stadt ausgezeichnet zu werden. Doch Maurice Lefèvre kann seinen Triumph nicht lange genießen: Bereits am nächsten Morgen findet man ihn erschlagen in seiner Backstube. Hat hier ein Konkurrent die Contenance verloren? Immerhin darf der prämierte Bäcker nicht nur ein Jahr lang den Élysée-Palast beliefern, auch die Pariser stehen allmorgendlich vor seiner Boulangerie Schlange. Commissaire Lacroix weiß: Wenn es um ihr Baguette geht, kennen die Pariser kein Pardon!

DROEMER

Ein neuer Commissaire für Paris

Alex Lépic

Lacroix und die Toten vom Pont Neuf: Sein erster Fall

Kriminalroman

Wer hat es auf die Pariser Clochards abgesehen? Drei Morde gibt es in drei aufeinanderfolgenden Nächten, obwohl Kommissar Lacroix und seine Kollegen die Seine und ihre Brücken nach der ersten Tat rund um die Uhr überwachen. Allen wurde brutal die Kehle aufgeschnitten. Keine Zeugen, keine Angehörigen, die Clochards sind die Vergessenen der Stadt. Die Presse stürzt sich auf den Fall – und auf Kommissar Lacroix: Seit der scherzhaften Bemerkung eines Kollegen über seinen altmodischen Hut und Mantel hängt dem Kommissar nämlich ein berühmter Spitzname an: »der neue Maigret«. So viel Aufmerksamkeit ist Lacroix gar nicht recht, schließlich gilt es, einen Mörder zu fassen, der womöglich vor 30 Jahren schon einmal aktiv war.

Mord mit französischem Charme –
der Nr.-1-Bestseller von Pierre Martin

Pierre Martin

Madame le Commissaire und die panische Diva

Ein Provence-Krimi

Saint-Tropez hat Brigitte Bardot. Fragolin dagegen den Film- und Gesangsstar Colette Gaspard – auch wenn kaum einer weiß, dass die Diva hier geboren wurde. Einziger Kontakt zu ihrem Geburtsort ist ihre Zwillingsschwester Juliette, die noch immer in Fragolin lebt. Genauso wie die Kommissarin Isabelle Bonnet, deren Erholungsmodus jäh unterbrochen wird, als Juliette sie im Namen ihrer berühmten Schwester um Hilfe bittet: Die Diva wird von einem Stalker terrorisiert, der sie mit unheimlichen Anrufen, Drohmails und perversen Botschaften verfolgt. Die Diva bittet Isabelle, den Stalker zu finden und auf sie aufzupassen. Madame le Commissaire lässt sich überreden – und befindet sich plötzlich mitten in ihrem nächsten Fall, der sie für einige Zeit von der Provence nach Paris führen wird. Obwohl sie dort nie mehr hinwollte …

Der achte Fall für Isabelle Bonnet

DROEMER

Von Alex Lépic sind bereits folgende Titel erschienen:
Lacroix und die Toten vom Pont Neuf
Lacroix und der Bäcker von Saint-Germain
Lacroix und die stille Nacht von Montmatre

Über den Autor:
Alex Lépic, geboren 1980 in Paris, ist in Deutschland aufgewachsen, setzt sich aber so oft wie nur möglich in den Zug, um in sein heiß geliebtes Paris zurückzukehren, wo er ein kleines Mansardenzimmer im feinen siebten Arrondissement bewohnt. Nach »Lacroix und die Toten vom Pont Neuf« und »Lacroix und der Bäcker von Saint-Germain« ist »Lacroix und das Sommerhaus der Giverny« vor allem auf den Terrassen der Pariser Bistros entstanden, wo Alex Lépic zurzeit, je nach Wetter und Außentemperatur, an Commissaire Lacroix' fünften Fall arbeitet.